MASAKI
◆
「蝶ノ羽音」

蝶ノ羽音

二重螺旋15

吉原理恵子

キャラ文庫

この作品はフィクションです。
実在の人物・団体・事件などにはいっさい関係ありません。

目次

口絵・本文イラスト／円陣闇丸

《＊＊＊　過去から未来へ　＊＊＊》

今までは――――。

ただがむしゃらに前を見据えていればよかった。

いる物。

いらないモノ。

無駄な物。

どうでもいいもの。

選別することにためらいはなかった。

人生の岐路というやつが突然、予想外のところから降りかかってきたので。否応なしの決断を迫られた。言ってしまえば、それに尽きた。

できることとやりたいことは同じではない。

家族が家族でいられた頃にはそんなことを考えたこともなかった。望んだものはいつだって手を伸ばせば届くものだと思っていたので。

だけど、違った。

不変だと思っていたモノがいきなり手の中からこぼれ落ちた。

どうしようもないことを『しかたがない』の一言で切り捨てるたびに、胸の奥で何かが軋(きし)んでいくような気がした。

最善の選択って………何？

何かを選択することは、何かを捨てることだと知った。

§§§§§　§§§§§　§§§§§　§§§§§

あの頃は――――――。

明確な線引きがあった。

護(まも)りたいもの。

………願望と。

譲れないモノ。

………飢渇感と。

喪えない物。

……執着。

それがくっきりと鮮明だった。

だから。最後の最後で自暴自棄にならずにすんだ。

……たぶん。

踏みとどまるために楔になった。理性と呼ぶにはかなり歪んだ思い込みだったかもしれないが。

それがあったから、きっちりと前を見据えていられた。

たとえ、それが、ねじくれた独り善がりの願望であったとしても。

いろんなことを乗り越えてきたからこそ、明日に繋がるものを得られた。世間的には許されない禁忌だったとしても、すでに雅紀の中では揺るがない愛情として上書きされてしまった。

単なる家族愛ではない、重くて根深い恋情。

目がくらむほどの劣情。

理性も自制も食いちぎる執着心。

なぜこんなにも尚人に囚われてしまうのか、自分でもわからない。

溺愛。

盲愛。

偏愛。

文字にすればたった二文字なのに情念が重い。

迷いはない。

ためらいもない。

あるのは、二度と手放せない想(おも)いだけ。

これからはもっと、ずっと、密に……尚人との甘い時間が過ごせるに違いない。そう思うと、自然に口元が緩んだ。

§§§§§　§§§§§　§§§§§　§§§§§

そして。

——今。

篠宮(しのみや)雅紀は新たな岐路に直面していた。

大事に大事に腕の中に抱え込んだ雛(ひな)は、それがどんなに愛(いと)おしい存在であっても、やがては羽を広げて巣立つものなのだと気付かされた。

種子が発芽して。

しっかりと根を張り。

ぐんぐん茎を伸ばして。

青々とした葉を茂らせる。

そんな成長ぶりに、ハッと目を瞠(みは)った。

本来ならば喜ばしいことなのだろうが、本音と建て前はまったく別物なのだと思い知らされた。

偶然にしろ、必然にしろ、人が人と出会うことには意味がある。雅紀は自身の経験からそれを知っている。

出会うことで何かしらの縁が生まれる。

それが一過性にすぎないのか。それとも、更なる繋がりができるのか。それは誰にもわからない。

雅紀は決して運命論者などではないが、昨年からこっち、ただの偶然というには奇妙な縁続きでかなりな大物を釣り上げてしまった尚人の引きのよさ（？）には、ただただ啞然(あぜん)とするしかない。

メンズ・モデル界の帝王と呼ばれる加々美蓮司(かがみれんじ)にしろ『アズラエル』の統括マネージャーである高倉真理(たかくらまさみち)にしろアパレルメーカー『ヴァンス』のデザイナー兼オーナーのクリストファー・

ナイブスにしろ、ついでのオマケでネイチャー・フォトグラファーの伊崎豪将まで、どうしてあんな癖のありすぎる厄介な男ばかりに目をつけられてしまうのか。それを思うと、何かもう、彼らに比べるとどうやったって人生の経験値が足りない自覚が大ありな雅紀にしてみれば胸の奥がジリジリしてくるのだった。

今まで、雅紀の周囲にはくだらない中傷や足の引っ張り合いにかまけた同業者や人生の反面教師的な毒親はいたが、それだって、真の意味で雅紀を脅かす捕食者にはなり得なかった。

だが、ここに来て、いきなり自分よりも上位ランカーの男たちが次々に現れて頭の上にずっしりとした重みでもってのしかかってきた。

外圧という名の変災？

それとも、天敵の出現？

雅紀がずっと大事にしていた箱庭の雛が大空に向かって羽ばたこうとしている。

だったら、自分はどうすればいいのか。

改めて、これまでの自分を振り返ってみた。

あれやこれや考えて、もしかしたらカリスマ・モデルという名前に胡座をかいているだけではないのかと思った。尚人との相愛に浮かれて、知らないうちにぬるま湯に首までどっぷり浸かっていたのではないか、と。

そのとき、初めて雅紀はドキリとした。

　このままだと、視野が広がってどんどん成長していく尚人に置いて行かれるのではないか。広い世界に飛び出していく尚人に釣り合う男でいられるのかと。

　思考も行動も停滞してしまったら、どうなる？　現状に甘んじているだけの男なんて不要になるのでは？

　それを思ったとき、雅紀はドクドクと異様に鼓動が逸（はや）るのを感じた。置いて行かれることへの怖（お）じ気（け）で。

　雅紀の今が選択をし続けてきた結果ならば、自立した尚人にも選択する権利がある。

……そう。今度は雅紀が選ばれる番なのだ。

　尚人の一番であり続けるために、やるべきことが残っている。それに気付かせてくれたのがデキる男を体現した外圧というのがなんとも皮肉でしかないのだが。

　そんなとき――――。

　独断で天敵認定した男（クリス）から、予想もしていなかった特大の爆弾が投下された。

〈実は来年に『ヴァンス』の日本での旗艦店がオープンするんだけど。その店舗で流すプロモーション・ビデオに出演してもらえないかと思って」

そのとたん、雅紀の思考は完全停止した。

《＊＊＊　錯綜する想い　＊＊＊》

東京都港区。

交通アクセスのよさで人気のシティー・ホテルの一室で、ベッドに寝転んだまま雅紀は反芻する。

今夜は加々美と『ヴァンス』のデザイナーであるクリスとの会食だった。

いや……。会食という名の非公式の顔合わせ、というべきか。

『雅紀。「ヴァンス」のクリストファー・ナイブスがおまえと一席設けたいって言ってるんだけど。どうする？』

加々美から、いきなり電話でそう言われた。俺は段取りを頼まれただけ――なんて、いつもの加々美らしくもない妙に突き放した口調だった。あげくに拒否権はあってないようなものだと丸投げされたとき、雅紀の腹は決まった。

加々美とクリスの思惑がどうであれ、売られた喧嘩はきっちり買って倍返し。そのつもりだった。一応の心構えとしては。

どんな美辞麗句を並べ立てたところで、とどのつまり、本題は尚人のことだろうと思っていたからだ。それ以外、クリスが雅紀に会いたいという理由が思いつかなかった。

ほんの嫌がらせのつもりで。

「セッティング会場はせいぜいお高いところに振ってください」

とは言ったが。まさか、指定されたのが、一度は泊まってみたい超高級ホテルランキングの上位をキープし続ける外資系ホテルの三つ星レストランの個室だとは思わなかった。

……驚いた。

席料込みで、お一人様のディナー料金はいったい何万円？

なんてことを考えてしまうのは、カリスマ・モデルなどと持ち上げられても所詮は金銭感覚が庶民だからだろう。

なんか、ちょっと笑えてきた。

三つ星レストランくらいであんぐりしている場合じゃない。雅紀は本気で一発カマすつもりでやって来たのだから。

相手は今一番勢いがあるといわれているアパレル業界の大物である。その肩書きに、自分でも知らないうちに少しだけ威圧されていたのかもしれない。

それを自覚すると、緊張感はあってもそれなりに肩の力が抜けた。

ちなみに。噂では常に予約で埋まっていて一般人が飛び込みで割り込む隙もない。などと言われているらしいが、どうやら加々美には特別なコネがあるようだ。本当に、侮れない人脈持ちだと再認識した。

その会食の席で当たり障りのない会話を続けていくと、いきなり話をぶち切るようにクリスが片頬で笑った。

〔君、けっこういい性格してるよね〕

胡散臭すぎて、雅紀的にはなんだかなぁ……だった。

営業用に被っていた特大のネコを脱ぎ捨ててクリスがいきなりフランクな口ぶりになっても、雅紀はとりあえず平常心でいられた。

ファッションショーのバックステージでは衣装替えのタイムスケジュールは秒単位で、裸同然も珍しくない。羞恥心を捨ててメンタル強め。それくらいの図太さがなければショー・モデルなんてやっていられない。

けれども。しごく淡々と。

〔実は来年に『ヴァンス』の日本での旗艦店がオープンするんだけど。その店舗で流すプロモーション・ビデオに出演してもらえないかと思って〕

そう言われて。頭の芯が変なふうに揺れた。

……は？

最初に衝撃があって。

……………え？

束の間、思考が停止して。

…………………………。

それから、絶句した。

――意味がわからない。

雅紀にしてみれば、それに尽きた。

たちの悪い冗談？

なんらかの引っかけ？

まさかのドッキリ演出？

一言で言えば、惑乱の極みだった。いきなり、どうして、そんな話になるのか。雅紀にはまったく理解できなかったからだ。

青天の霹靂とでもいえばいいのか、あれで何もかもがおかしくなった。張り詰めていた警戒心も何もかもがあっけなく崩壊してしまったようなものだった。

『ヴァンス』は加々美も所属しているモデル・エージェンシー『アズラエル』と専属モデル契約をしている。そのための宣伝を大々的に行って、契約締結記念のムック本まで出す熱の入れようであった。その撮影のためにクリスからの強いお願いがあって、一般人に過ぎない尚人がユアンに付き添うことになった。

雅紀としては加々美からの根回しがあっても尚人の気が進まなければ断っても構わないと思っていたが、どうやら、尚人もユアンに対して思うところがあったらしい。あとで聞いたら、ユアンと『ＭＡＳＡＫＩ』の話で大いに盛り上がったのだとか。

雅紀にしてみれば『なんだ、それ』だったのだが、あまりに嬉しそうに尚人が語るものだから、少々毒気を抜かれてしまった。

それは、さておき。

専属契約をしておいて他所の事務所所属の雅紀にそんな話を持ちかけるなんて、明らかな契約違反ではないのか。

もしかしなくても、あの会食の目的はそのための非公式な顔合わせだったのだろう。

それって…………………。

（あり得ないだろ）

雅紀はそう思っていたのに、加々美はあくまでオブザーバーという立場を貫くつもりなのか我関せずとばかりに置物になりきっていた。

……………いいのか？

（ホントに？）

逆に、雅紀のほうが心配になった。

あの会食に加々美が同席をしていた意味。所属事務所（『アズラエル』）的にそれでなんの問題もないのだろうか。

加々美の腹がまったく読めない。

〔だから、あくまで店舗用の特別仕様。そこでしか見られない付加価値のある、誰もが知っている御当地タレントを起用するっていうのがコンセプトなわけ。専属モデルとは別口。……どうかな？〕

雅紀の困惑を無視して、クリスはグイグイ押しまくってくる。気後れして、少しだけ腰が引けた。

『クリスさんって口調は優しくて物腰も柔らかいんだけど、なんかものすごく押しが強くて。こっちが何か言う前に眼力込みでグイグイ来られちゃうと、もう、笑ってごまかすのが精一杯って感じ』

尚人がそう言っていたのを思い出す。

馴（な）れ馴れしさの一歩手前の強引さ。そこらへんの押しの強さに、出会った当時の加々美がダブってしまった。

『ヴァンス』と『アズラエル』の契約がどうなっているのか知らないが、それでいいのか。

クリス的にも加々美的にも、それはありなのか。

スクエア眼鏡の奥から流れてくる意味ありげなクリスの視線に絡め取られてしまいそうな気がして。

〔――とりあえず、保留ということでお願いします〕

それを口にするのが精一杯な雅紀であった。

今、ここで、雅紀の一存で返事ができるような案件ではない。たとえ、これが非公式な顔合わせであったとしても。

自覚する。

自制する。

……迂闊に言質を取られないように。

今回に限り、置物になった加々美からのアドバイスはまったく得られないようなので。自己防衛に徹する雅紀であった。

これって、もしかして、何らかの力量を問われているのだろうか。ふと、そんな気さえしてきた。

すると。

〔なるほど。じゃあ、今夜はきっちり顔つなぎもできたことだし。改めて、よろしく〕

クリスは片頬でうっすらと笑った。

最後はデザイナーというよりも、むしろ、プレゼンをやりきったやり手のビジネスマンの顔だった。

負けた。

やられた…………。

情けない……………………。

完全に格負けしてしまった自分に気付いても、見栄を張る気力もなかった。

§§§§　§§§§§　§§§§§　§§§§

その頃。

雅紀との会食を終えて、クリスと加々美は最上階のバーにいた。

クリスが誘い、すんなりと加々美が応じた。あえて言葉にするまでもなく、二人とも事後の確認(擦り合わせ)という認識だった。

暗めに照明を絞ったガラス張りの窓の向こうは百万ドルの夜景には劣るが、静かに酒を酌(く)み交わすための背景としては申し分ない。

窓際のテーブルにはほのかな灯(あか)りが揺れるキャンドル。よけいなＢＧＭもない。会食後の密談にはもってこいだった。
〔とりあえず、お疲れさま〕
クリスがカクテルグラスを掲げる。
〔はい、はい。どうも〕
加々美がおざなりに応じてグラスを傾けた。
〔なかなか有意義な会食だった〕
本音でそう思っているのだろう。
ゆったりとした仕草でグラスに口をつけるクリスの機嫌はいい。無自覚の格好付けとでもいえばいいのか。気障（きざ）に見えないくらいには場慣れしているのがよくわかる。
本当に食えない男である。
〔前振りが長すぎたけどな〕
チクリと嫌みを刺すと、クリスが小さく噴いた。
《前振りが長すぎて、デザートまで食べきってしまうかと思いました》
たぶん、雅紀の台詞（せりふ）を思い出したのだろう。
あの場で、あのタイミングで、ああいう台詞をあっさりと口にできる雅紀もけっこう辛辣（しんらつ）だった。
（なんたって、溺愛する弟にあからさまなちょっかいを出す男だからな。雅紀も警戒心バリバりってとこ?)

そこらへんの心情はよぉーくわかる。

クリエーターというのは我が強いと相場は決まっているが、その点クリスはオーナーも兼ねているからだろうか、視野が広い。たぶん、考え方も柔軟なのだろう。感性を磨いておくのがデザイナーの常識なのだとしたら、偏った思考に陥らないようにするのが経営者としての良識なのだろう。

声のトーンは落ち着きがあって、その上口が上手くて、物腰は柔らかい。プレゼンをやらせたらピカイチではないだろうか。最初にそれを思ったのは、クリスが熱望していた尚人との面談に加々美も同席していたからだ。

あの場で、口先魔人のクリスに流されずにきっちり一線を引いた尚人のブレない態度はまさしく賞賛ものだった。それが雅紀の教育のたまものというより、たぶん、あれが尚人の本質なのだろう。

タイプは真逆だが、クリスは高倉同様ドライに物事を割り切れるに違いない。それも、オーナーとしての資質だろう。

クリエーターとしてのこだわりとオーナーとしての適切な判断。そこらへん、どうやって折り合いをつけているのか。一度、クリスの頭の中を覗いてみたい気がした。

ひとしきり肩で笑って、渇いた喉を潤すようにクリスはグラスをぐいと呷った。

〔いやぁ、なかなかパンチの効いた切り返しだったよねぇ〕

その口ぶりに、加々美は半ば呆(あき)れたようにソファーにふんぞり返った。

切り返しというより、あれは、胡散臭さ全開の口説き文句をバッサリ切り捨てたというべきだろう。

(容赦もクソもなかったよな)

さすが雅紀である。

〔ていうか。おまえ、雅紀相手によっくあんなクサい台詞を吐けたよな。俺は思わず鳥肌が立ったぞ〕

なにしろ。《あー、やっと視線が合ったね》である。

赤面どころではない。

背中がぞわぞわした。

マジで鳥肌である。

その場の絵面だけ見れば、自信過剰なイケオジが甘い言葉で超絶美形をナンパしているようにしか見えない。

しかしながら、まとっているオーラが極端に真逆だった。まるで『北風(ツンドラ)と太陽(炎天下)』もどきだった。しかも、旅人(加々美)の存在は完全に無視されていた。

置物状態に徹していたとはいえ、加々美は居心地が悪かった。内心。

（だからぁ、おまえ、少しは空気を読めよぉぉ～～ッ！）

であった。

むろん、そんなことはおくびにも出さない。メンズ・モデル界の帝王といわしめる加々美の面の皮も高倉の筋金入りのポーカーフェイス並みに厚かった。

〔カガミ。それって失礼すぎじゃないか？〕

言葉ほど気にかけていないのは丸わかりだ。眼鏡越しの眼差（まなざ）しは、この状態を面白がっている節さえある。

本当に、食えないにもほどがある。

よりにもよって、こんな男にモデルの素材として見込まれてしまった雅紀に少しだけ同情したくなった。

雅紀的には、敵認識していた男から予想外の仕事の依頼を提示されて、すっかり予定が狂ってしまったに違いない。その片棒を担いだのは加々美だが。

反面。加々美にしてみれば、雅紀の素質を見抜いてこの業界に引き入れた自分の審美眼がクリエーターとしてのクリスに証明されたような気がしたのは事実である。ある意味……ジレンマであった。

クリスからのオファーが本決まりになれば『ＭＡＳＡＫＩ』としてのレベルアップが見込まれるのは間違いない。『アズラエル』的には不本意極まりないだろうが。この非公式な顔合わせのことがバレてしまったら、きっと、高倉には特大級の嫌味を言われるだろう。

なんといっても、いまだに雅紀を『オフィス原嶋』に持って行かれたのを根に持っているくらいだ。その雅紀が『ヴァンス』のプロモーション・ビデオに出演することが本決まりになれば、まさしく青天の霹靂になるかもしれない。

加々美個人としては雅紀の経験値が上がるのは本音で喜ばしい。

今はカリスマ・モデルだが、その地位は不変ではない。時流は気まぐれに変化する。

同様に、メンズ・モデル界の帝王という肩書きもいつかは誰かに上書きされる。それを自覚している加々美だからこそ、雅紀にはもっと貪欲になってもらいたいと思うのだった。

雅紀が大事に大切に護ってきた箱庭から、いつか尚人は羽ばたくだろう。

今までは弟たちを養うという目標があってがむしゃらに前を見据えて頑張っていればよかったが、それはあくまで弟たちのためであって、雅紀自身の目標ではなかったのではないか。弟たちが自立したあとのことなど、雅紀はまったく考えてもいなかったのではないだろうか。

子育てが終わったあとの母親はホッとすると同時に空の巣症候群になりやすい傾向にあるらしい。まさか、雅紀がそんなふうになるとも思えないが、加々美はこれを機に、雅紀には弟たちのためではなく自分のための夢を持ってもらいたいと思う。

選択をして切り捨てたものは二度と戻らないが、これからは新たなる目途を見つけてもらいたい。

物事は刺激がなければ停滞する。動きが鈍り、流れが悪くなる。そうならないためには変化がいる。レベルアップという刺激が。

そのための踏み台としてクリスからのオファーはまさにうってつけだった。

なのに、肝心のクリスの言動が加々美の予想の斜め上を行く。

〔だから、相手を選べってことだろ〕

加々美はぶっきらぼうに言い放つ。

非公式な会食という前提で呼び出された雅紀がハリネズミばりの警戒心が剝き出しになってもしかたない。よくも悪くも、弟が絡むと感情のレッドゾーンを振り切ってしまうのだから。

そんな雅紀にナンパもどきの台詞を素で吐けるクリスの神経もたいがいであった。

〔でも、まぁ、いい感じにオチがついたようでよかったよ〕

はぁ…………?

あれの、どこが?

〔おまえの、そのポジティブさには負ける〕

もはや、乾いた笑いももれない加々美であった。

§§§§§　§§§§§　§§§§§　§§§§§

加々美と別れてホテルの自室に戻ってきたクリスは、とりあえずシャワーを浴びて気分をスッキリさせると、バスローブを羽織ってペットボトルのミネラルウォーターを半分ほど飲み干した。

そして、思い出し笑いを堪えるかのように口元を綻ばせた。

(なかなか意義のある会食だった)

本心である。

映像越しではわからなかった雅紀の本質を垣間見ることができて、クリスは非常に満足だった。

弟は大事に大事に囲われた箱庭の雛だったが、兄は聡明すぎて切れすぎるナイフのようだった。

(一見冷静沈着に見えるけど、根っこにあるのはマグマ溜まりかもな。もしかしたら愛情が重すぎて自家中毒を起こしそうなタイプだったりして)

方向性は違うが、クリスだって似たようなものである。人のことをあれこれ言える義理ではない。

情報は必要だが、鵜呑みにはできない。

やはり、何事も自分の目で見て耳で聞いて、自分なりに判断することが重要である。

雅紀が尚人を溺愛しているのは情報として充分理解をしていたが、実際に言葉を交わしてみて、その愛情が弟の成長を阻害するだけの兄バカではないこともよくわかった。

劣悪な家庭環境からトップモデルに成り上がるには並大抵の苦労ではなかったはずだ。たとえ加々美の後押しがあったとしても。

努力だけではどうにもならないのが人生である。才能はあっても運に恵まれなければ這い上がれないのと同じで。

カリスマと呼ばれるようになってさえも、極道な実父が引き起こしたスキャンダルに足を引っ張られる。それでも、常に毅然とした態度でいられたのは長兄としての意地とプライドがあったからだろう。

むしろ護るべき者がいたからこそ強く、したたかになれたのかもしれない。クリスがそうであったように。

（いいね。ブレないプライドがあって、ハングリーさもある）

だが、そのハングリーさにはいい意味での野心はあっても、ギラついた野望まではなさそうだった。カリスマ・モデルと呼ばれる優等生にしか見えない。

クリスとしては、そこがなんとなく物足りない。素材はいいのに、今一歩、突き抜けていない気がする。

加々美を見ていると、よくわかる。

加々美にあって、雅紀にないもの。それは寛容さと大人のずる賢さだ。

もちろん、年齢的なものも、そこからくる経験や価値観というものも否定できないが。雅紀のような早熟な子どもだった者は、得てして猜疑心が強い。そうでなければ食い潰されると知っているからだ。

用心して。

警戒して。

周囲に目を配り。

自分にとってのセイフティー・ゾーンを見極める。

クリスの目には、雅紀はずいぶんと排他的に見えた。

選択することに迷いがなくて、ドライに割り切ることができる。それが顕著だから一見して冷淡に見える。

あるいは、意識してそう見せている？

カリスマ・モデルというイメージ戦略？

それも、あるかもしれないが。実際、前回のスカイラウンジでのディナー中に尚人といるときの素の雅紀を見てしまっているので、おそらくは、カリスマ・モデルとしての『ＭＡＳＡＫＩ』が彼のプロテクターなのだろう。

今夜の会食で納得した。弟を護る守護者としてのプロテクターがあるから、それがストッパーになって現状維持に甘んじているのではないかと。

枷ではなく、庇護欲という名の無自覚のブレーキ。

(もったいないな)

本音で思う。

加々美の目には、今の雅紀がどういうふうに見えているのだろうか。

会食時の加々美は置物になりきっていた。別に、クリスがそうしてくれと頼んだわけではないのに。

しかし、目と耳を閉じていたわけではない。雅紀の反応をじっくりと観察していたのではないだろうか。

なんのために?

(もしかして、都合のいいように利用されちゃった?)

まぁ、それくらいはセッティングしてもらえた見返りと思えば腹も立たない。加々美の思惑がどこにあるにしろ、ギブ・アンド・テイクは基本である。

雅紀と加々美の間には、それこそ、クリスが割って入れないほどの強い絆がある。正直、羨ましい。年齢差を超えて確固たるものを得ている二人が。

信頼という名の情実。

裏を返せば、ある意味、排他的とも思える楔。

おそらく、だが。雅紀には加々美を超えて次代のメンズ・モデル界の帝王になる、などという野心はなさそうだ。むしろ、心情的には、雅紀にとっての加々美は越えられない壁なのかもしれない。

壁というより、目標？

こうあるべきという、指針？

実父があんなふうだったから、よけいにそうなのかもしれない。唯一、気を許せる相手という意味では。

あの二人の距離感があまりにも親密すぎるのは、公然の秘密ではなく業界の非常識らしい。

なるほどなぁ………と思った。

モデル業界に限らず、どの業界においてもライバルの蹴落とし合いは常識の範疇でもある。

こちらの世界では、デザインの盗作疑惑などさして珍しいことではない。逆に言えば、その可能性を疑えば切りがないからスタッフ選びにはものすごく神経を使う。信頼は目には見えないものだから、裏目に出たときはショックも大きい。幸いにして、今のところ、クリスはそんなこととは無縁だが。

そういう意味においても、あの二人の特異性が際立っているのだろう。それでいてセクシャルめいたスキャンダルが立たないのは、誰の目にも純粋な師弟関係に見えるからだろう。

いわゆる下種の勘ぐりめいたことを口にしたら、かえって自分の品性を疑われる的な見方があるのかもしれない。

モデルはイメージ商品だから、スポンサーは下手な色がつくのを嫌う。扱いにくいトラブルメーカーは現場に嫌われる。代替え品は腐るほどいるのだ。そういうことをきちんと認識しているモデルがどれほどいるのか。………という話なのだが。

加々美と知り合って日が浅いクリスにもよくわかる。包容力がある人間は、ある意味、人生の勝ち組である。そこに誠実さと信用度が加われば無敵だろう。

だからといって、加々美が完全無欠だなんて思わない。欠点のない人間など存在しないからだ。

以前、加々美が言っていた。

〔俺のポリシー？　そうだな。できないことは恥じゃない。見栄を張っても時間の無駄なんだから、そういうときはできないことはできる奴にまかせて、あとはやりたいことに全力投球ってことかな。それだったら、たとえ結果がどうであれ自分的に納得できるだろ？〕

理想論といってしまえば、それまでだが。

実際にそれができるということは、それなりの人徳があって、それを可能にできる人脈があるということだ。物事を成し遂げるにはたったひとりのスーパーマンよりも組織力がものをいう。もしかしたら、加々美のあの奔放とも言える自由度は『アズラエル』がそれを後押ししているからかもしれない。

信頼は金では買えない。

言うのは簡単だが、その意味は重い。

クリスが提携先に『アズラエル』を選んだのはなんと言っても業界最大手というウリがあったからだが、統括マネージャーの高倉の手腕は大いに評価している。最終的にはその高倉とビジネス関係の相性がよかったことが一番の理由である。

それが縁で加々美とも知り合えた。今思えば、非常にラッキーだったと言えるだろう。

自分の理想を具現化してくれるのはユアンという希有な素材があったからだ。そこに『MASAKI』という新たな意欲を刺激される出会いがあった。その発端が尚人繋がりということに、なにやら運(ツキ)の巡り合わせめいたものを感じてしまう。

クリスは『運命』の一言で人生を懸けるほどのギャンブラーではないし、それを押し売りする連中は反吐(へど)が出るほど嫌いだが、人と人の出会いにはなにがしかの意味があるとは思っている。

(やっぱり、欲しいものは積極的に獲(と)りに行かなきゃ……だよな)

チャンスの女神の前髪を摑(つか)み損ねるわけにはいかない。

それを思って、クリスはさっそくタブレットで自社の法務部宛てにメールを送った。『アズラエル』との契約内容を精査して雅紀へのオファーを発注するために。

《＊＊＊　謹呈ムック本　＊＊＊》

六月。

篠宮家。

いつものように、午前五時にセットしておいた目覚まし時計のアラームが鳴る前に目が覚めた尚人は、自室のカーテンを開けてひとつため息をついた。

「あー、やっぱり降ってきちゃった」

天気予報通りに、今日は朝から雨。気分もどんよりしてしまう。

なんといっても、自転車通学の高校生にとって雨は天敵である。

雨のせいで視界は悪くなるし、道路が濡れているので滑って転んでしまわないようにいつも以上に気を遣う。

スピードを落として慎重に。歩道を走るか、車道を行くかでリスクも違ってくる。その分いつもより通学時間がかかってしまう。当然、それを見越して家を出る時間も早くなる。

……という悪循環にハマる。

雨だから遅刻してしまった。そんな言い訳は通らない。

朝は一分一秒でも長く布団の中で惰眠を貪(むさぼ)っていたい派の高校生はどうだか知らないが、朝はきっちり五時起きが基本で、朝食を作り、弁当を用意し、その合間に洗濯までしてしまう尚人にとってはいつも通りの平常運転にすぎない。

それでも、朝から雨だとついため息がもれてしまうのは、自転車通学に傘は厳禁で必然的にレインコート着用になるからだ。

学校指定のクリームイエローのレインコートは密閉性が高い上下のセパレートタイプなので、市販のものよりも分厚(ゴツ)くて重い。

レインコート着用のワースト3といえば。

1　面倒くさい。着たり脱いだりするのに時間がかかる。

2　蒸れる。防水加工で通気性がないから。

3　ゴワつく。制服の上から着るのでどうしても着膨(きぶく)れる。

しかも、時間がないからと濡れたままのレインコートを自転車の前カゴに突っ込んだりしたら、あとで泣きを見る。

そのため、翔南(しょうなん)高校では自転車通学者のための雨天専用室がある。床はコンクリートで、濡れて水がしたたるレインコートを干すためのロープを張っただけの物干し台だが、あるのとないのとでは大違いである。

自転車通学も三年目ともなれば、そういうじっとりとした気分にもいいかげん慣れてしまうものだが、一日の始まりとしてはテンションもだだ下がりになってしまうのはしょうがない。

そんな雨の中。

いつもよりだいぶゆっくりめで尚人が学校から帰宅すると、テーブルの上に小包が置いてあった。弟の裕太(ゆうた)が面倒くさがらずに受け取ってくれたのだろう。

誰宛てに?

――尚人だった。珍しくも。

誰から?

――モデル・エージェンシー『アズラエル』の出版部から。

(なんで?)

雅紀(まさき)にではなく、自分に?

『アズラエル』と親交があるのは尚人ではなくカリスマ・モデルである雅紀なのだが。

小首をかしげて。とりあえず開いてみて、軽く目を瞠った。

(うわぁ。ユアンと『ショウ』さんのムック本だ)

『ヴァンス』と『アズラエル』が日本での専属モデル契約を結んだ記念のビジュアル・ブックである。

『ヴァンス』の広告塔(専属モデル)であるユアン・ミシェルと日本でのイメージ・モデルに選ばれた『ショ

ウ』の二人が並んだカバー写真がものすごくカッコいい。

これまでのユニセックスの可愛らしい系ではなく、ちょっとだけ大人びたメンズ仕様のカッコいい系なのだ。それでも、オーソドックスな紳士服に比べると『ヴァンス』特有のスタイリッシュな尖った感はある。

（さすがプロモデルって感じ）

もちろん、尚人の一番が『ＭＡＳＡＫＩ』こと実兄の雅紀であることは言うまでもない。決して身贔屓でいうのではないが、格好良さの質が違うのだ。

ビジュアル・ブックなので厚みはないが、契約締結の記念本らしく、艶消しブラックを基調にした金箔箔押しの豪華本であった。

しかも、尚人のフルネームが書かれている礼状入りの謹呈本である。礼状はパソコンの打ち出しだが、一番下には加々美の直筆のサインがあった。

『尚人君、もろもろありがとう。おかげで素敵な本に仕上がったと自画自賛（笑）。これからもよろしく！』

加々美らしいお茶目な文言が添えられてあった。

なんだか、ついクスッと笑えてしまった。

（でも、いいのかな。こんな立派なものをもらっちゃっても）

尚人はユアンの付き添いにすぎなかったのに。

むしろ。『ヴァンス』の妖精王子(フェアリー・プリンス)の撮影風景をタダで、ナマで、じっくり見学させてもらったという役得しかなかった。

尚人にとっては眼福であった。それ以上に、撮影スタッフや普段は目にする機会もないスタイリストの仕事ぶりや現場の雰囲気というものを目で、耳で、肌で感じることができた貴重な体験だった。

当日は。『ショウ』が交通事故のもらい渋滞というアクシデントで到着時間が大幅に遅れてしまい、ユアンの分は先撮りすることになった。その後『ショウ』が到着してユアンと『ショウ』のツーショット撮影が終わったあとはユアンの出番もなくなった。結局『ショウ』の撮り分を見学できなかった。心残りがあるとすれば、それかもしれない。

その分、ユアンと加々美とクリスを交えての食事会は本当に楽しかった。

自分たちが楽しんでいる間に『ショウ』の撮影が続いていたかと思うと、ちょっぴり罪悪感めいたものが疼(うず)いたけれども。

いろんな意味で尚人なりの思い出がいっぱい詰まった本なのだった。だったら、ここは素直に『ありがとう』だろう。

とりあえず本は自室の机の上に置いて、夕食の支度に取りかかる尚人だった。

午後九時過ぎ。

早めに風呂に入ったあと、尚人は加々美にメールをした。この時間帯だったらメールをしても邪魔にならないだろうと思って。

【こんばんは。尚人です。ユアンと『ショウ』さんのムック本が届きました。ありがとうございます！　なんだか装丁がすごく豪華だったので正直ビックリしました。やっぱり、記念本だから？　本を見て、当時のことがいろいろ思い出されてすごく感慨深かったです。本当にありがとうございました】

メールを送信して、小さく息を吐く。

本当はもっといろいろ書きたかったが、それだと切りがなくなってしまいそうで簡潔にまとめた。

そしたら、即レスが来た。

【こんばんは。メールありがとう。本、喜んでもらえたみたいでよかった。ホント、当日はいろいろあったからねぇ。しみじみと実感してるところ。無事に発刊にこぎ着けて高倉（たかくら）ともども一安心。もしよかったら、感想を聞かせてもらえる？】

え？

いいの？

そういうことなら、喜んで！

尚人は目を輝かせてメールを打ち込んだ。ムック本を見て盛り上がれる気持ちを共有させてもらえることがすごく嬉しくて。

加々美の了解が得られたとたん、湧き上がるものを抑えきれなくなってしまった。

【ありがとうございます。何から書いていいのかわからないくらい、嬉しいです。このまま続けても大丈夫ですか？】

一応、断りを入れておく。時間も時間なので。

【大丈夫。なんなら、電話でもいいけど？】

いやいやいやいや…………………。

（加々美さんとナマ電話で盛り上がれるのはすごく楽しそうだけど）

ものすごく嬉しいお誘いで、それだけで心臓がドキドキしてしまう。

でも。

だけど。

さすがに加々美相手だと気後れしてしまうというよりも、電話だとついよけいなことまでしゃべくり倒してしまいそうだから、やっぱり……無理。

【このままメールでお願いします。メールだと頭の中を整理してきちんと言葉にできそうなので。電話だと、ハイテンションのまま暴走してしまいそうでちょっと怖いです】

本音がだだ漏れだった。

§§§§§　　§§§§§　　§§§§§　　§§§§§

加々美の自宅マンション。

尚人からの返信メールを見るなり、加々美はたまらずプッと噴き出した。

(や……もう、可愛すぎるだろ)

可愛すぎて、にやけ笑いが止まらなくなった。

今日は一日、完全フリー。

なのに、朝からあいにくの雨模様。

さすがにどこにも出かける気にもなれなくて、加々美はマンションの自室でのんびりゴロゴロするつもりだった。

いつもだったら何かしら忙しくて、ともすれば時間に追われている感があるのだが。いざ、こんなふうにぽっかりと空白の一日ができてしまうと、なんだか新鮮というよりも時間を持て余してしまうものだと気付いた。

（どんだけブラック体質なんだ、俺……）

どんよりとため息が出た。ワーカーホリックな高倉のことをあれこれ言えない。

いい機会だから録画（録り溜め）をしていた番組をサクサク消化して暇を潰し、それにも飽きて、タブレットの中のメールをチェックする。

返信するもの。

不要なもの。

無駄なもの。

興味を引かれたもの。

今の時代、スマートフォンひとつあればどこにいてもワールド・ワイドで情報は勝手に蓄積される。

それを選別することで社会と繋がっていられる。便利なツールだからこそ、それなりの自己責任も問われるわけだが。

コーヒーを飲みながらネットニュースを流し見るのも飽きて、久々に自炊で早めの夕食を食べた。冷蔵庫にある野菜と豆腐で作る簡単手間なし、一人鍋である。

そんなこんなでそろそろ風呂に入ろうかと思っていた矢先にスマホのメール音が鳴った。

着信表示は『尚人君』だった。

すぐさまメールボックスを開いてみると、例のムック本が届いたことに対しての礼だった。

（相変わらず律儀だなぁ）

そういう礼儀正しさが尚人の美点のひとつであるのは間違いない。

即レスした。

別に暇つぶしの相手を探していたわけではないが、ジャストなタイミングに思えた。

せっかくなので、尚人にもムック本の感想を聞きたかった。単なる興味本位ではなく貴重な意見として。加々美のように業界にどっぷり染まりきっていない高校生（第三者）の新鮮な視点というものを。

尚人本人はあくまでユアンの付き添いだっただけでたいした役には立っていないと思っているようだが、予定外のアクシデントで撮影時間も大幅に遅れてしまった現場としては、尚人がユアンの相手をしてくれていたというだけでも大助かりだった。

なにしろ、超絶人見知りの妖精王子である。しかも『ヴァンス』の秘蔵っ子。感情表現が苦手とはいえ、感情がまったくないわけではない。むしろ、表に出ない感情ほど厄介なものはない。尚人が付き添いでなかったら、現場はもっと悲惨な有様だっただろう。

ムック本一冊を謹呈しただけでは収支のバランスが取れない、というのが嘘（うそ）偽りのない加々美の気持ちだった。

それを抜きにしても、尚人とのやりとりは楽しい。メールだろうが、電話だろうが、純粋に会話をすることが楽しい。

たまにジェネレーションギャップを感じてため息をもらしたくなることもあるが、ごく普通の高校生、今どきの若者の感性に刺激される密(ひそ)かな喜びがあった。

ネット情報とは違うナマの感情(エモーション)。

見て、聞いて、感じる共感覚(シンパシー)。

加々美くらいの年代になると、慣れはあってもだんだん感性が錆(さ)びてくる。知識や経験値が上がって、それなりにこなせてしまう。だが、モデルが感性を錆び付かせてしまったら話にもならない。

みずみずしくも突き抜けた感性。雅紀にしろ、ユアンにしろ、それを体現しているからこそ見ている者を魅了して唸(うな)らせるのだ。嫉妬(しっと)心なくそれを羨ましいと感じてしまったら、引退時だろう。

それとは別に、尚人の場合はマイナス・イオン的なものを感じる。とにかく居心地がいいのだ。誰とはいわないが、自己主張の強すぎる連中がふらふらと引き寄せられてしまうくらいには。天然素材の大物食いタイプには初めて出会った気がした。

今日は一日誰とも会わずに孤独を満喫していたから、きっと、人恋しくなっていたのかもしれない。

(タイミングの妙って、ホントにあるんだな)

時間は大丈夫かと問う尚人に、

【大丈夫。なんなら、電話でもいいけど？】

そんなふうに振ってみたら、返ってきた答えが『電話だと、ハイテンションのまま暴走してしまいそうでちょっと怖いです』だった。

いや…………………。

もう…………………。

なんなのだろう、あの可愛らしさは。

（～～～～ッ）

不覚にも、ちょっと悶えそうになってしまった。

尚人の台詞ではないが、やっぱりメールでよかったとしみじみ思った。

【それで、どうだった？】

【生撮りのときは見逃し禁止って感じでユアンに目が釘付けで、それこそ息が詰まるくらいだったんですけど。写真になると逆に冷静になれて、いろんなことが鮮明に見えたっていうか。自分では記憶鮮明のつもりだったけど、記憶って案外曖昧だったんだなぁ…って。その分、生撮りは感動と刺激が盛りだくさんでしたけど】

スポーツにしろ、コンサートにしろ、演劇にしろ、突き詰めて言ってしまえばナマの魅力には勝てない。画面越しではその場の空気感という熱量は得られないからだ。

セリフだね】

【曖昧な記憶が喚起されて新たな発見がある、か。出版部の連中が聞いたら泣いて喜びそうな

今回初めてムック本のバックヤード的なことを経験した尚人の視点というのは、なかなか侮れない。

モデルもカメラマンもスタッフも、作業がルーチン化してしまうと『そういうもの』だという慣れが出て新鮮味がなくなってしまうものだから。

【ド素人が生意気言うなって怒られそうですけど】

【いやいや、どんな意見でも貴重だから。ほかに、尚人君が一番興味があったのはどこ?】

【やっぱり、Q&Aかな】

加々美はニンマリと唇の端を吊り上げた。

ビジュアル・ブックのウリはユアンと『ショウ』の華麗なツーショットと貴重なプライベート写真であるが、加々美の推しは二人の対照的とも言える『Q&A』である。

【すっごく面白かったです。ギャップ萌えというか、質問に対する二人の答えの温度差が激しくて】

まんま……である。

つい、レスポンスの絵文字で乾いた笑いを連発してしまった。きっと、尚人はクスクス笑いながら見ているのではないだろうか。

結局、ユアンの『Q&A』にリテイクをかけてもたいした修正はできなかった。

その件に関して、クリス曰く。

〔ユアンは質問に対して彼なりに真摯に答えてるんだから、ビジュアル・ブックの体裁を整えるために本人の気持ちを無視して見栄えのいいように改ざんするなんてできないだろ。それだったらQ&Aの意味がない〕

正論である。

正論なんだけど……………。

正論すぎて、なんだか無性に腹が立つのはなんでだろう。

【『ショウ』さんはこの間チラッとしか見てないからなんとも言えないですけど、すごく真面目な方なんですよね？】

【まぁ、そんな感じかな。とりあえず、いろいろ頑張ってる】

高倉に聞いた話では。その『ショウ』がユアンと流暢に会話をしている尚人に感化されて、最近では英会話の個人レッスンを始めたらしい。

定番の挨拶でユアンに話しかけたがさっくりと無視されてしまったらしい『ショウ』としては、もろもろ思うところがあっての個人レッスンなのだろう。すでに埋まっているスケジュールの合間を縫ってのレッスンはいろいろ大変そうだが。

その意欲を買う。

少なくとも、大事なスポンサーを放って我を通すという大ポカをやらかしたどこかの駄犬(バカ)よりも数倍好感が持てる。

【ユアンはまんまって感じで。あの『………』の間の取り方なんてユアンらしくって、ちょっと笑っちゃいました】

さすがの加々美も、そのユアンが『今回、一番楽しかったことは?』の設問で『ナオとのおしゃべり』と回答したとは言えなかった。

尚人の名前は出すなとしつこくクリスに念を押したら。『付き添いのスタッフさんとのおしゃべり』に変更されていた。

ナメてんのか、こら〜〜ッ!

頭の中で思いっきりクリスをド突き回したのは言うまでもない。

【ムック本で、今まで知らなかったユアンのいろんな顔が見られて、それだけでもすごく楽しいです。もう一度じっくり見直してからユアンにも伝えたいです。俺とのおしゃべりが一番楽しかったなんて、もう嬉しくて顔面崩壊しそうだって】

本心からそう思っているのがわかる。

声も聞こえなければ、顔も見えない。けれども、想像することはできる。

たぶん。

きっと……。

間違いなく…………。

このメールを書いているとき、尚人は嬉しげに楽しげに、口元をやんわりと綻ばせていたに違いない。

それが、ユアンに対する尚人の答えなのだろう。

加々美がクリスを思いっきりド突き回したくなったのは、このままズルズルとクリスの思惑に乗せられるのが嫌だったからだ。

ムック本に尚人の気配を匂わせるものは完全排除したかった。

あの現場には『アズラエル』の関係者以外にも外部スタッフがいた。あのアクシデントのせいで現場がピリピリしていたときにユアンのブースだけがまったりと異次元だったことは皆が知っている。超絶人見知りなユアンが尚人にだけ気を許しているのは丸わかりだった。

彼って、いったい何者？　そんな興味を引かれないはずがない。

尚人が『アズラエル』の臨時スタッフであることは知られていても、雅紀の弟であることはバレてはいないだろう。だが、ユアンが『ナオ』と呼び、加々美たちが『尚人君』と呼んでいたのも現場のスタッフは気付いている。

そんな状態でムック本に『ナオ』の名前が出てしまえば。『あー、あの子？』という記憶とともに尚人のことを思い出して、興味本位で『ナオ』探しをやり出す連中が出てこないとも限らない。

『ヴァンス』の妖精王子にそこまで言わせる『ナオ』って、いったいどこの誰?

そこらへん、クリスは確信犯に決まっている。

クリスに言わせると。

〔大人がよってたかって過剰に囲い込んでどうする気? そんなの不健康だろ。彼の可能性を潰す気?〕

そうなるらしい。

高校生はまだ子ども。その認識は共通であっても、加々美たちとクリスとでは根本的に心情的な乖離があるのは否定できない。

クリスにはクリスなりに『慮る』気持ちはあっても、過保護という名目で尚人の選択の自由を阻害することは許されないことなのだろう。加々美たちが過去の経緯から『忖度』してしまうのとは真逆の意味で。

加々美も、おそらく高倉もそれを憂慮したのだが、そんな大人たちの思惑を蹴散らしてしまうほど尚人はしごくあっさりと乗り越えてしまった。

ユアンの真摯な想いのバトンを尚人がきっちり受け取ったと言えなくもない。

「それにしたって、顔面崩壊はないよな」

苦笑じみたつぶやきがボソリともれた。

まだ起こってもいないことを危惧して、先回りして不安の芽を潰す。

雅紀のことを重度のブラコンだ、過保護すぎる兄バカだ。なんて茶化していた言葉が巡り巡ってブスブスと突き刺さる。

独り善がりのお節介が空回りするほどみっともないものはない。しみじみと実感する加々美だった。

§§§§§　§§§§§　§§§§§　§§§§§

篠宮家。

午後十時少し前。

精力的に仕事をこなして雅紀が家に戻ってくると、いつもは労いの言葉と笑顔で出迎えてくれる尚人の姿がなかった。

(もしかして、フロか?)

とりあえず上着とバッグをダイニングテーブルの椅子に掛け、バスルームに行きかけて、ふと思い直したように二階にある尚人の部屋へと歩いて行った。

ドアは閉まっていたが、ノックなどしない。いつものことだ。

ドアには内鍵はあるが、それがかかっていたことは一度もない。雅紀がいつでも好きなときに部屋に入れるように。

もともと尚人は自室に鍵をかける習慣などなかった。引きこもりの裕太（ゆうた）と違って。

そんな尚人の心と身体（からだ）に愛情と情欲を刷り込んだのは雅紀だ。世間の荒波から護りたい気持ちと何を切り捨てても喪えない執着心は似て非なるものである。

その危うさを否定するつもりはない。けれども、雅紀はもう選んでしまった。喪えない者を全力で守り抜くことを。

ドアを開けて部屋の中に入ると、デスクチェアーに座って尚人は何かに熱中していた。

（……勉強中か）

だったら、雅紀が帰ってきたことにも気がつかないのも納得できた。尚人の場合、集中力が半端ないのだ。

ゾーンにハマる――とでも言えばいいのか。とにかく、そういうときの尚人は周囲の雑音を完璧にシャットアウトしてしまう。

背後からゆったりと近づいてみると、勉強ではなくメールをしていた。

（……誰に？）

尚人のメル友は少ない。そのすべてを把握しているわけではないが。

以前、なにげに探りを入れたときには、翔南高校の番犬トリオ＋α（プラス）であった。

そのプラスαの中には無視できない大物三人がいる。

メンズ・モデル界の帝王である加々美と、偏屈すぎるネイチャー・フォトグラファーの伊崎（いざき）、そしてロックバンド『ミズガルズ』のＫＹ男（ボーカリスト）アキラである。普通の高校生だったら、まずあり得ないラインナップであった。

しかも、尚人がねだったわけでもないのに、いや、尚人の困惑を無視していい歳をした大人が率先して自分のメルアドを登録してしまった。それもお友達感覚で。

……………………あり得ない。

雅紀はそう思うのだが、本人たちはまるで気にしていない。雅紀の知らないところでいろいろやりとりをしているらしい。

さすがに、雅紀も尚人のスマホのメールボックスを無断でチェックするところまで落ちてはいない。いくら雅紀が独占欲の塊でも、嫉妬丸出しでそれをやってしまったら終わりだろう。尚人に知られたときの反応が怖い。信頼度の問題だからだ。第一、そんな覗き見をするのは兄としてのプライドが許さない。それくらいなら、尚人に直接聞いたほうがマシである。

尚人はメールに熱中している。いまだに雅紀にも気がつかない。

いったい、誰と。

何を、そんなに語り合っているのか。

電話ではなくメールで、というのが雅紀的にはちょっとだけモヤった。なぜって、そこで、口では言えないことを語り合っているような気がしたからだ。

いいかげんイラついて。

「ナオ」

きつめの口調で声をかけると。尚人の肩がピクリと身じろいだ。

「ナオ?」

再度、尚人の名前を呼ぶ。

「あ……まーちゃん、お帰りなさい」

振り返った尚人の顔がパッと輝く。いつもの見慣れた笑顔だった。

それで、少しは不満が薄れた。

と、思っていたら。

「まーちゃん、ごめん。ちょっと、待ってて」

尚人はまたメールを打ち始めた。

(なんなんだ、いったい)

内心、ブスリともらす。

「これで………OKっと」

とりあえずエンド・マークは付いたのか、スマホをテーブルの上に置いた。

「———誰?」

低めのトーンになってしまうのはしかたがない。尚人にはその気はなくても、蔑ろにされたような気分だった。

「加々美さん」

ニコニコと笑みを浮かべて、尚人があっさりとその名前を口にした。

毒気を抜かれたというより、収まりかけたものがまたモヤってしまった。

(なんで、加々美さん?)

これが伊崎やアキラだったら、たぶん、ここまでモヤモヤした気持ちにはならなかっただろう。

いつもだったら、そんなことは些末なことだと受け流せただろう。

なのに、今夜は喉に突き刺さった小骨になってしまった。

あの夜。加々美が『タカアキ』に対して底冷えのするような冷淡さを見せつけてからこっち、なんだか妙にわだかまる。今まで知らなかった加々美の一面を垣間見てしまったような気がした。

それは、先日のクリスとの非公式な会食で置物と化した加々美に突き放された感が拭えなかったことで上書きされた。

不信感ではない、ささやかな違和感。………そんな感じ。

それが、雅紀の心をざわめかせる。

そんなときに尚人と加々美のメール現場を目撃して、しかも、自分よりも加々美のメールを優先させた尚人にモヤって、ついイラついてしまった。

そんなのはただの八つ当たり。

わかっていても、わだかまる。

少しだけ黙り込んでしまった雅紀に、尚人は、机の上に置いてあるムック本を手に取って見せた。

「今日、加々美さんからこの謹呈本(ムック)が届いたんで、そのお礼」

(なんだよ、そういうこと?)

理由がはっきりして、ふっと肩の力が抜けた。

「ついに出たんだな、ユアンと『ショウ』のビジュアル・ブック」

「うん。この本の生撮りを見学できたんだなぁって思うと、当時のことをいろいろ思い出してちょっと感動した」

「加々美さんはなんだって?」

「感想が聞きたいって。だからメールしてた」

「わざわざメールで?」

なんだか合点がいかない。メールだとよけいな手間がかかるだけなのではないだろうか。

「だって、電話だと落ち着かないっていうか……」

何が？

どうして？

ちょっと、意味がわからない。

「なんで？　今までだって加々美さんと普通に話してただろ」

「それは、だって、ほとんどまーちゃん絡みで持ち込まれた話が多かったから」

言われてみれば、そうだった。加々美からの『お願い』という無茶振りである。

「だから、加々美さんとムック本っていう共通の話で盛り上がれるかと思ったら、変にドキドキして。なんか、よけいなことまでハイテンションでしゃべりまくりそうで」

（はぁ？）

なんか、今、さらりと爆弾発言があったような……。

「仕事が絡まない加々美さんだと、ドキドキするんだ？」

さすがにイラッとした。

「スマホだと声がやたらとクリアに聞こえるからかなぁ」

それは否定できないが。どうも言ってることがズレているような気がする。

「加々美さんが特別とかじゃないよ？」

当たり前だ。でなければムカつくだろ。フォローにもなっていない気がした。

「いつもまーちゃんが『おやすみコール』をしてくれるときも、電話だと顔が見えないからつい想像しちゃうんだよね。今、どんな顔してしゃべってるんだろうなぁ……とか。すっごくドキドキする。まーちゃんの声、甘くて、うっとりしちゃうから」

天然が入っていると素で煽るのが上手い。きっと、尚人は、我が家というセーフティー・ゾーンにいる安心感で思っていることを口に出しているだけなのだろうが。そんなことを言われたら下腹が疼くに決まっているではないか。

その一方で。もしかしたら加々美にもそんな調子でポロリともらしているのではないかと思うと、偏頭痛がしてきそうだった。

とりあえず、加々美と何を話していたのかはあとで聞くことにして。雅紀は尚人の腕を摑んで立たせると、そのまま背中から抱き込んでベッドの端に座った。

尚人はされるがままだ。

最初の頃のようにびくりと身を捩りもしなければ、半ば無意識に身体を強ばらせたりもしない。

それが嬉しい。尚人が雅紀のすべてを受け入れてくれているのがわかるから。

「んー………いい匂いがする」

首筋に顔を埋めてつぶやくと。

「お風呂に入ったあとだから」

照れなのか、恥じらいなのか、そんな色気のないことを言った。

「俺の声、好き?」

「うん」

少しだけ間を開けて、尚人がボソリともらした。

「どんなとこが?」

「……俺にだけ甘いとこが」

思わず顔がにやけてしまった。

「そりゃあ、ナオだけが俺の特別だからな」

耳たぶを甘噛(あまが)みすると、尚人がピクリと首をすくめた。

そういう初々しい反応が楽しくて、甘噛みしたまま舌先でねぶる。

すると、尚人の鼓動がひとつ大きく跳ねた。

「すっごく可愛い」

とびきり甘く囁(ささや)いてやる。

「俺だけのナオって気がする」

独占欲が満たされて気分がいい。

ドキドキと鼓動が逸るのは尚人だけではない。まだキスもしていないのに、トーンに情欲が滲(にじ)むのが自分でもわかった。

「でも、さっきはちょっとだけ加々美さんに妬(や)けた」

本音がだだ漏れた。

そのままギュッと抱きしめて、首筋を舐め上げる。

「……まー、ちゃん」

もじもじと太股を擦り合わせて、わずかにかすれた声で尚人が呼ぶ。

「何？」

「……触って」

「どこを？」

「乳首……痛い」

パジャマ代わりのTシャツの上からゆったりと胸を撫でると、プチッと乳首が勃っていた。

「噛んで、吸って欲しい？」

こくこくと尚人が頷いた。

「いいぞ。可愛くおねだりできたらな。ナオの好きなとこ全部弄くりまわして、ぐりぐり揉んで、ナオの一番いいところを剝き出しにして嘗め回して、好きなだけ噛んで、いっぱい吸ってやる」

「俺の……握って」

「だから、ちゃんとおねだりしろって」

「タマ……タマ、揉んで。ぐりぐりしながら……乳首、噛んで……吸って」

「それから？」

「あれ……あれ、剝いて。……ヒリヒリするまで、弄って。ねぶって……。まーちゃんので、あそこ……いっぱい擦って」

耳の先まで真っ赤にして、尚人がねだる。

（可愛いな、ナオ。ほんと、バリバリに食ってしまいたくなる）

ドクドクと逸る気持ちをなだめるように、雅紀は尚人のつむじにキスを落とす。

焦ることはない。雅紀と尚人の蜜夜はまだ始まったばかりだ。

《＊＊＊　それぞれの事情　＊＊＊》

その日。

ついにユアンと『ショウ』のムック本が発売された。

当初『アズラエル』としては完全予約制のプレミアム本を予定していたのだが、各方面からの要請もあり、予約特典付き初回限定版と通常版を出すことで落ち着いた。

『アズラエル』出版部の肝いりであることもあって前宣伝は抜かりなく、今まで露出していなかった二人のプライベート写真も盛りだくさんという話題性もあり、発売日当日には新刊コーナーで平積みされている書店もあった。

伊崎のずっしり重い写真集を値段も見ずに買っていくコアなファン向けではなく、流行に敏感な若者層が手に取りやすい厚みと値段を設定したこともあって売れ行きは好調だった。

購読者の感想ツイートも高評価で、同時期に発売された人気アイドルの写真集を抑えて堂々の週間ランキング一位を獲得するほどだった。

「『ショウ』君、すごいですよ。例のビジュアル・ブックがランキング一位です」

移動中の車の中、マネージャーの的場が満面の笑みで言った。

「発売記念イベントでサイン会をやった甲斐がありましたね」

都内の大手書店三カ所で日替わりのサイン会をやった。それが売上に貢献したとしても微々たるものだろうが、『ショウ』こと宗方奨にとっては初めてのサイン会だった。

初日は内心ドキドキだった。カメラの前に立つよりも緊張した。

サイン会に来てくれたファンはほぼ女性だったが。

「頑張ってください」

「応援してます」

「期待してます」

口々にエールを送ってくれるのが嬉しくて、自然と笑みがこぼれた。

とたん。

「きゃあ♡」

「素敵ぃぃ♡」

「こっち向いて『ショウ』君♡」

店内が嬌声で一気にざわついてしまった。そのリアルな距離感が逆に新鮮だった。『アズラエル』の公式ファン・サイトにはその手の書き込みは多いが、ナマの肉声が持つ熱量には敵わなかった。

幸い三日間とも盛況で、的場ともどもとりあえずホッとした。

ムック本が好調なのは、何も『ショウ』だけが特出しているからではない。ユアンの存在があってこそ、だ。

そこのところはちゃんとわきまえている。知名度でも実績でも、ユアンのほうがはるかに上なのだから。

奨は日本における『ヴァンス』の専属モデルというビッグ・チャンスのチケットを手にしたが、それで驕ったりはしなかった。

人気が出て顔と名前が売れたことに酔って、浮かれて、自信過剰になって、あからさまに人を見下す『タカアキ』のようにはなりたくなかったからだ。

ビッグ・チャンスのチケットを摑むことができただけで奨自身がビッグになったわけではない。それを、きちんと自覚していた。

いや、はっきりと肝に銘じずにはいられなかった。『タカアキ』という反面教師が目の前にいたから。

奨と『タカアキ』こと夏目貴明は『アズラエル』の期待の新人としてデビューした。

『タカアキ』はワイルド系。『ショウ』はクールビューティー系。それがウリだった。

『アズラエル』としては、タイプの違う二人が切磋琢磨してレベルアップすることを期待していたわけだが、明暗はすぐに分かれた。

貴明はポジティブな上昇志向で、すぐに頭角を現した。活きのいい新人として周囲に認知され、破格のスポンサーまでついた。

それもこれも『アズラエル』という強力なバックアップがあったからだが、貴明はそれが自分の実力だと勘違いをして慢心した。

一方、奨のカテゴリーであるクールビューティー系にはカリスマ・モデルの『MASAKI』がいたことで、なかなかに厳しかった。

『MASAKI』という絶対王者の前では誰だって翳む。女性ファンのみならず、男性からの支持も多かった。

その存在感があまりにも特出していたからレディース・モデルからは敬遠されていたのも事実だ。どうやったって、超絶美形とのツーショットでは引き立て役にもならないからだ。

そんな『MASAKI』とキャラが被るということは、ある意味、致命的だった。誰の目にも『MASAKI』の劣化コピーに見えてしまうからだ。

更には、奨の場合は『アズラエル』の期待の新人という肩書きが悪作用した。

現場に出向けば、他事務所のモデルたちからはあからさまに嫌味を言われた。たいした実力もないのにコネとゴリ押しで仕事を横取りしているだの、ヒヨコのくせに態度がデカすぎるだの……なんだの。耳タコになるくらいには。

嫌味と妬みの嫉妬口撃で痩せ細るほど神経が細やかではないが、『おまえら、いっぺん投げ飛ばしたろか』と思うくらいにはウザかった。

それでも腐らずに地道に努力した。

ぽっと出の新人であることは事実だし、確かに事務所の力関係(パワーバランス)で得をしていることがあるかもしれないが、それをとやかく言われる筋合いはない。

運も実力のうち、とはよく聞くフレーズだが。コネだってないよりはあったほうがいいに決まっている。

無い物ねだりをして突っかかってくる連中を無視することが悪いことだとは思わない。それが『お高くとまっている』『態度がデカい』などと言われる原因になったとしても、ちゃんと見てくれる人はそれなりにいるものだ。

そして、ついに奨にもチャンスが巡ってきた。『ヴァンス』のイメージ・モデルのオーディション参加という願ってもない大チャンスが。

最終選考に残っただけでもラッキー……などとは思わなかった。

負けたくない。

何が何でも受かりたい。

絶対に勝ちに行く。

そういう熱い想(おも)いが叶(かな)って専属モデルの座を射止めたときには嬉しさのあまり泣けてきた。

いっしょに頑張ってきた的場とハグをし、歓喜の祝杯を挙げた。

これでようやく貴明に追いつける気がした。貴明の活躍を横目で流し見るだけの日々は終わったと。

『ヴァンス』の専属になったことで、業界の風向きも変わった。雑誌の仕事に指名が入るようになった。メンズだけではなくレディース向けの雑誌からも。

現場スタッフから積極的に声をかけられ、顔と名前をきちんと認識してもらえるようになった。なにせ、それまでは『期待の新人の売れてないほう』的な扱いだった。業界の見事な掌返しを実体験してしまった。

これが『ヴァンス』効果というものかと、しみじみ思った。

ワン・チャンスで世界が変わる。モノクロだった視界がフルカラーになる。周囲がこぞってちやほやし出す。そりゃあ貴明が有頂天になって舞い上がるはずだと思った。

だからこそよけいに気を引き締めないといけない。強く思った。

手に入れた幸運がその先もずっと続くとは限らない。

ビギナーズ・ラックは人生におけるスポットライトのようなもので、その輝きを維持して継続するほうが百倍難しい――とは、誰の台詞だったか。ジェットコースターのように上り詰めたらあとは下るだけなんて、嫌すぎる。

だったら驕らず、阿らず、謙虚に自己研鑽すべきだろう。それこそ『ＭＡＳＡＫＩ』のように。

それは、ともかく。『アズラエル』の本音としては、記念イベントはもっと派手にやりたかったはずだ。ユアンと『ショウ』のコラボレーションなのだから、二人揃ってのなにがしかのパフォーマンスを。

そう、やれるものならばだ。

基本、ユアンはその手のイベントにはいっさい参加しない。契約書にもきちんと明記されている。

たまに本業絡みのパーティーに参加することはあっても、ほんの顔出し程度である。いたと思ったら、いつの間にかいなくなっている。まるで気まぐれな妖精のようだという噂が広がって、いつしか『妖精王子』という呼び名が定着してしまった。……などという逸話がある。

結局のところ、ユアンの美貌と醸し出すオーラがその逸話に拍車をかけているのだが。『ヴァンス』のイメージ戦略という話は聞かない。実際に奨もユアンを前にして超絶人見知りぶりを実体験してしまったので、妖精王子の妖精王子たる謂れにすんなり納得してしまった。

その彼が、付き添いのスタッフ……それもなぜか貴明が毛嫌いしている少年といるときには、まるで雰囲気が様変わりしているのを目撃してしまったときのショックは大きかった。奨にはユアンの視界に入る資格がないと言われたような気がして。貴明が言うところのコネゴリする少年にも劣るのかと。的場には、少々言動に問題のある貴明の言うことを鵜呑みにしないようには忠告されたが。

そういうわけで、ムック本の宣伝は奨ひとりに任されていると言っても過言ではない。

それが不公平などとは思っていない。むしろ、ラッキーだと思っている。

イベントに。

取材に。

そして、テレビ出演。

もろもろ顔が売れて嬉しくないはずがない。今までは精力的という言葉とは縁遠かったが、本業のスケジュールの合間を縫っていろいろ経験ができるのが楽しくなった。

それでも、口さがない連中はどこでもいる。

「どうやったってユアンの引き立て役だろ」

「本人は得意がってるけど、所詮は噛ませ犬」

「必死すぎて笑える」

「いいようにこき使われてるだけ」

引き立て役にもなれなかった奴らが何を言っても負け犬の遠吠えでしかない。

そんな雑音に構っている暇があったら、もっと自分を磨いて、モデルとしてレベルアップをしたい。せめて、誰かの劣化コピーなどと言われないレベルまで。奨のモチベーションもより高くなった。

「今日の撮影スタジオって恵比寿ですよね？」

「そうです」

「ほかに誰が呼ばれてるんですか？」

「『MASAKI』さんと神山さんとHAL君です」

運転しながらでも的場の口調は淀みない。今日のスケジュール内容はしっかり頭に入っているのだろう。

「……けっこうなメンバーですね」

『MASAKI』の名前が出ると、脊髄反射的に背筋が伸びる。意識していないと言えばウソになる。

神山慧は三十代。モデルから俳優に転身してテレビや舞台で活躍している爽やか系イケメンである。料理好きであることも知られており、SNSで『慧の男飯』を発信していてフォロワーも多い。

モデルから俳優に転身しても結局は鳴かず飛ばずで脱落していく同業者が多い中、業界では転身組の勝ち組とも呼ばれている。

HALは今人気急上昇中のボーイズ系グループのセンターポジションを張っている、現役アイドルである。デビューするまではそれなりの下積みを経験しているからか、如才ないタイプであった。

今どきのアイドルは歌って踊れるだけではなく笑いも取れてアドリブもきかないとダメだという縛りでもあるのか、バラエティー番組でも引っ張りだこである。

この三人の中で面識があるのは『ＭＡＳＡＫＩ』だけで、あとの二人とは今日が初顔合わせになる。

「バッグの中に神山さんとＨＡＬ君のプロフィールが入っているので、目を通しておいてください」

そこらへん、的場も念入りにチェック済みだろう。

俳優とアイドル。奨との相性はどうだろう。

的場に言われてバッグの中からクリアファイルを取り出してプロフィールに目を通す。初顔合わせのときに情報はあっても困ることはない。

どんなに前評判はよくても、現場に行ってみると表と裏の顔は違う。………なんてことはよくある話で、和気藹々とまではいわないがお互い気持ちよく仕事ができればそれでいい。

「そう言えば、知ってます？」

「何を？」

「『タカアキ』さん、どうやらやらかしたみたいです」

「………え？」

思わず顔を上げる。

「やらかしたって、何？」

それは聞き捨てにできない。

「なんでも、接待中のスポンサーをほったらかしにしてタバコ休憩をしてたんじゃないかって話です」

貴明は隠れスモーカーである。しかも、電子煙草ではない。

吸っている本人は煙草の臭いなど気にもしていないだろうが、奨みたいな嫌煙派は服に染み付いた臭いだけでも気分が悪くなる。

「マジで？」

貴明の第一スポンサーといえば『ジュエリー・テッサ』である。

それは、マズい。

それが本当の話だったとしたら、だが。

（……って、ヤバいだろ）

「加藤もスポンサー契約の延長がかかってるんで、そこらへんはものすごく気を遣っていたはずなんですが」

最近、貴明の言動が問題視されているらしいとの噂は聞いていたが、まさか、そんなことになっているとは思わなかった。

貴明本人からスポンサーとの会食について『拘束時間が長すぎて疲れる』とか『ジェネレーションギャップが激しすぎて話についていけない』などと愚痴られたことはあるが、いくら自信過剰の貴明でもそこまでバカじゃないと思っていた。

ストレスがたまって我慢できなかった、とか？

「その話、どこまで広がってるわけ？」

「マネージャーの間では、かなり。他人ごとじゃないですから」

それは、そうだろう。

煙草休憩が問題なのではない。スポンサーを放置して身勝手な行動に走ったことが問題なのだ。

マネージャーはモデルが十全に仕事ができるように気を配るのが職務である。それには、日頃の体調管理といったメンタル的なことも含まれる。スケジュールだけを管理すればいいわけではない。マネージャーという仕事はモデルが思っている以上にハードなのだった。

今回の場合、下手をすれば加藤の監督不行き届きになってしまうのではないだろうか。

的場たちマネージャーが知っているのなら、当然、話は上にも筒抜けだろう。

「加藤さん、大丈夫かな」

つい、ポロリともれた。

普通だったら貴明のことを心配すべきなのかもしれないが、やってしまった本人よりもその愚行を止められなかった加藤にもとばっちりが行ってしまうのではないかと思う奨だった。

§§§§§　§§§§§　§§§§§　§§§§§

今日は完全フリーということで、昨夜遅くまで友人たちと飲み歩いていた夏目貴明は昼近くまで爆睡していたところを、しつこく鳴るスマホの呼び出し音に叩き起こされた。

ベッド脇のナイトテーブルに手を伸ばして、手探りでスマホを摑む。

「……もしもし？」

着信表示も見ずに出たので、相手が誰かもわからない。

今が、何時なのかも知らない。

不機嫌丸出しのかすれ声で呼びかけると。

『……加藤です』

耳慣れた声がした。

マネージャーの加藤だった。とたん、込み上げる怒気でこめかみが疼いた。

「なんだよ、もぉ。今日は休みだろ。しつこく鳴らすなよ」

昨日の酒がまだ残っているのか、目が開かない。

部屋のカーテンは閉めきったままなのでまぶしいわけでもないのに、異様にまぶたが重い。

ついでに、頭も重い。

胸がムカムカする。

やっぱり、深酒のせいかもしれない。

『先ほど、部長の榊さんから電話がありました。午後三時に部長室まで来るようにとのことです』

思わず舌打ちした。

「休日に、わざわざ？　出てこいって？」

『はい』

口の中が苦い。

やたら、ザラつく。

ただでさえ低いテンションが更にだだ下がりした。

先日も加藤ともども部長室に呼び出されて長々と説教を食らったばかりだ。『ジュエリー・テッサ』の件で。

「『タカアキ』、この大事な時期にいったい何を考えてるんだ？」

部長室に入るなり、いきなり頭ごなしに叱責された。

榊の言う『大事な時期』というのはスポンサー契約のことだ。加藤が口うるさく連呼していたので嫌でもわかる。

とりあえず、頭を下げた。

「すみませんでした」

一拍遅れて。

「申し訳ございません」

加藤が深々と腰を折った。まるで、自分の責任だと言わんばかりに。

なんか、ムカついた。

トイレ休憩がちょっと長引いただけで、どうしてこんなところに呼び出されなくてはならないのか。

あの夜。『ジュエリー・テッサ』の黒田社長に長々と付き合わされて、いいかげんイラついたのは事実だ。

ストレスで煙草が吸いたくなっても我慢した。

だが、社長を放置……蔑ろにするべきではなかった。『タカアキ』にとっては大事なスポンサーだからだ。社長との会食に慣れきって、いつの間にか線引きが曖昧になっていたのかもしれない。今更だが、自分の行動が軽率だったことは認めざるを得ない。

ポカをやった。

失態だった。

――反省した。

でも、それって、こんなふうに呼び出されて叱責されるようなことなのか。仕事で手痛いミスをしたとか、大穴を開けたわけではないのに？

噂では、このあいだ『ショウ』が交通事故のもらい渋滞で撮影に一時間以上も遅れてしまい現場スタッフに平謝りだったらしい。それも、よりにもよって『ヴァンス』絡みの撮りで。奨も的場も顔面が真っ青だったらしい。そういう大失態をやらかしても、奨は部長室に呼び出されもしなければ特に叱責もされていないようだった。

それに比べたら、貴明が席を外したのはたかだか二十分程度だ。それくらいの息抜きの自由もないのか。べったり社長に貼りついたまま、おべんちゃらでも言っていればいいのか。

実際、あのときは『すみません。急に腹の調子が悪くなってトイレが長引いちゃいました』で済んだ話だ。社長だって、それで納得してくれたはずだ。

なのに。どうして、わざわざ、話を無駄に大きくしたがるのか。

こんなふうに部長室で蒸し返す話でもないだろう。そう思っていたのに。

「今回のことだけじゃない。はっきり言って、最近の君の言動には目に余るものがあるとの報告を受けている」

はぁ？

なんだ、それ。

とっさに、貴明は先ほどから目を伏せたままの加藤を睨む。

上司である榊に叱責されてビビっているのか、加藤は微動だにしない。

それとも、貴明の行動をチクったのがバレて体裁が悪いのか。

とにかく、加藤が当てにならないのはよくわかった。

「でも、それは………」

反論しようとすると。

「あー、言い訳はいい」

ぴしゃりと撥ね付けられてしまった。

「とにかく、もろもろ反省してきちんとスケジュールをこなすように。以上だ」

言いたいことも言わせてもらえずに反省だけしろって…………。

どうなんだ？

結局、ブスブスくすぶったものを抱えたまま部長室を出たのだった。

唯一の救いは、榊の口から加々美の名前が出なかったことだ。

もしかして、加々美からは何の報告もいっていないのか。それを思ってちょっとだけホッとした。

同時に。あの夜の加々美の冷え冷えとした口調と冷淡を通り越していっそ酷薄な眼差しを思い出して、今更のようにぶるりと身震いをした。

なんでだろう。

他事務所の『MASAKI』とはあんな高級クラブで仲良く酒を飲んでいるのに、同じ事務所の後輩には冷たすぎる。『アズラエル』一推しの新人なのに……。

まったく構ってもくれない。

それって『アズラエル』的には、どうなんだ？　後輩の面倒を見る気がないのが見え見えだった。

……おかしいだろ。

どんなにアピールをしても、駄目。無駄。振り返ってもくれない。

……冷たすぎるだろ。

同期の奨には。

「そういう押しつけがましさが退かれる原因じゃないかな。うるさくまとわりつかれたら、誰でも鬱陶しいだけだと思うけど？」

などと言われたが。自分たちのような新人はしっかりアピールしなきゃいつまでたっても帝王様の視界には入れない。……入れてもらえない。

そういうものだろう。

加々美に憧れている。尊敬している。モデルとしてあの存在に少しでも近づきたいと思っていた。

マン・ツー・マンの指導は無理だとしても、いろいろ教えてもらいたい。他事務所の『MASAKI』は加々美の後押しでカリスマ・モデルまで上り詰めた。まるで男版シンデレラ・ストーリーだ。『MASAKI』にできたことが、自分にできないはずがない。加々美にチャンスさえもらえたら。

遠くからただ指をくわえて見ているだけなんて、嫌だ。

だったら、押しまくるしかないだろう。

もっと名前が売れてメンズ雑誌の顔になれば、加々美だってきっと自分を認めてくれるに違いない。

なのに。加々美には同じ事務所の『期待の新人』というアドバンテージがまったく通用しなかった。

……なんでだ？

それが一番納得できなかった。

『MASAKI』に対する嫉妬よりも、貴明を無視するだけで、ぜんぜん歯牙にもかけてくれない加々美への恨み辛みが吹き出してしまいそうだった。

そして、今。

「じゃあ、おまえが代わりに聞いておいてくれよ。俺は体調不良ってことで」

嘘じゃない。加藤とスマホ越しに話しているだけで気分が悪くなった。

『そういうわけにはいきません。部長からの呼び出しですから』

加藤の口調がいつも以上に固い。

（ホント、気が利かない奴）

マネージャーならそのくらいは上手く対処しろよ、と言いたい。

「そこをなんとかするのが、おまえの仕事だろ」

つい、声が尖った。

『とにかく、伝えましたので。時間厳守でお願いします』

それだけ念を押して電話は切れた。

（……ったく、なんなんだよ）

頭の疼きがよけいにひどくなった。

通話を終えてスマホの時間を確かめてみると、午後十二時十分だった。

（あー、もう、めんどくせー）

のっそりベッドから出て、そのままバスルームに直行した。とにかく、頭も身体もスッキリさせないとまずかった。

胃がもたれて何も食べる気がしなかったので、ミネラルウォーターだけ飲んだ。

シャワーを浴びているときに加藤からメールが届いていた。

念押しの駄目押しのつもりなのか。

【本日、十五時。部長室まで。時間厳守でお願いします】

ムカついたので返信はしなかった。

それからのろのろと着替えて、加藤が迎えに来るのを待った。

十分。マンションに向かっている最中なのか、連絡がない。

……二十分。焦れてメールをした。

…………三十分。返事がなかった。

いくら待っても部屋のインターフォンは鳴らなかった。

(さっさと来やがれ。時間厳守だろうがッ)

貴明のマンションから『アズラエル』本社まで、車で三十分。そろそろ出ないとヤバい。

いいかげんイライラして電話をかけても、出ない。

電源がＯＦＦになっているのか、電波が届かないところにいるのか。

(ウソだろ、おい)

再度かけても同じだった。

くそ。

くそッ。

くそッ！

（なんなんだよッ。ふざけんなッ。加藤ぉぉぉ、ちゃんと仕事しろよッ！）

ぎりぎりとスマホを握りしめて、貴明はひとしきり毒づいた。

『アズラエル』本社ビル、七階。

モデル部門本部長室。

タクシーを飛ばして午後三時ぎりぎりに部長室に駆け込むと、榊と見覚えのない、冴えない容姿の四十代くらいの男がいた。

（……誰？）

部屋には加藤がいるものだとばかり思っていた貴明は、加藤に対する憤りが冷めないままの顔つきで男を凝視した。

「こんにちは『タカアキ』君。狭山です」

いきなりの『君』呼ばわりに、少しばかりイラッとした。

年齢差からいくと君付けでもおかしくはないのだろうが、狭山のいきなりの上から目線が気に入らない。

だいたい、本部長が何も言わないうちに自分から自己紹介って、どうなんだ？

だが、榊の手前もあるのでペコリと頭を下げた。

「どうも。『タカアキ』です」

男が何者かというより、今は榊だ。前回のこともあって、貴明にとって部長室は鬼門であった。

いったい何の用で呼び出されたのかまったくわからないまま、榊に目をやった。

「榊さん。休日に呼び出しって、いったいなんでしょうか」

あえて『休日』を強調する。

それより、加藤はどうした？

マネージャーの加藤が、どうしてこの場にいないのか。まさか、自分だけが呼び出されたわけではないだろう。

「今日付けで、君のマネージャーはこの狭山になった」

「は？」

思わず間の抜けた声が出た。

突然呼び出されて、予想もしていなかったマネージャーの変更を告げられて。

「ウソ………。なんで？」

ビックリして素が出た。

知らない。

聞いてない。

そんな話は、一言も。

「加藤は降格した。監督不行き届きだからだ」

かんとくふゆきとどき？

言葉の意味が頭に染み込んでくるまで、若干、時間がかかった。

それって『ジュエリー・テッサ』の件があったから？

（でも、それって、済んだ話だろ）

貴明の認識ではそうだった。

なのに、どうして今頃になってマネージャー交代の話になるのか。しかも、自分には何の相談もなく………。

（おかしいだろ）

思っても、口には出さなかった。

いや、出せなかった。榊が厳しい顔つきで貴明を見ていたから。

もはや、貴明が何をゴネたところでこの決定は覆らないと思い知った。

「それじゃあ『タカアキ』君、行きましょうか」

はぁ？

どこに？

（だから、今日は完全休養日だっつーの）

思ったことが露骨に顔に出た。

不満たらたらで。

不快すぎて。

不信感ありありで。

なによりショックの連続で表情までは取り繕えなかった。

「加藤からの引き継ぎはあらかた済んでいますが、明日からのスケジュールもろもろ含めて摺り合わせをしておきたいので。では、榊さん、失礼します」

狭山は榊に一礼すると、貴明の返事を待つことなくドアに向かって歩き出した。

完全に主導権を取られている。

その不快感にぎりぎりと奥歯を噛みしめて、貴明は狭山の後に続いた。

§§§　§§§§　§§§§　§§§§

恵比寿。

三ヶ月前にリニューアルオープンしたばかりの撮影スタジオ。

午後二時からのスケジュールで、雅紀(まさき)はスタジオ入りをした。

本日の撮影メンバーの一人である神山はもう来ていた。

目が合うと軽く手を上げてにこやかに笑った。神山とは久しぶりのマッチングだが、相変わらずの爽やかなイケメンぶりである。

「おはようございます、神山さん。本日はよろしくお願いします」

挨拶は人間関係の潤滑油である。

どこの業界でもそうだが、先輩後輩という上下関係は事務所の垣根を越えての暗黙の了解である。新人だろうがカリスマだろうが、基本は変わらない。ごくたまに、何を勘違いしているのか無駄にイキがって総スカンを食らう者もいるが。

「こっちこそ、よろしく」

神山はフレンドリーに返した。そういう気さくなところは以前とまったく変わらない。特に親しいというわけではないが、雅紀がカリスマ・モデルと呼ばれるようになってからもその距離感は変わらなかった。

年齢的にもモデル歴も、神山のほうが先輩である。さすがに俳優業がメインになってからは顔を合わせる機会もめっきり減った。

神山に限って言えば、俳優として評価されてから逆にファッション雑誌への露出が増えたとも言える。やはり、テレビの力は侮(あなど)れない。

ファン推しのアイドル誌とは違い、ファッションがメインのモード誌ではきっちり基本ができていない者は敬遠される。いちいち指示されないと何もできないし、時間ばかり食うし、衣装を見せる技術もセンスもないからである。だから、現場慣れしていてそれなりの知名度がある神山の指名が増えた。そんなふうに言えなくもない。

それでいくと、今回のメンバーはバランスがいい。

カリスマ・モデルである『ＭＡＳＡＫＩ』は言わずもがなだが、安定感のあるベテランの神山がいて、今業界では注目の的になっている『ショウ』がいて、トップアイドルで人気の高いＨＡＬがいる。

そのＨＡＬは最後にスタジオ入りするなり、ざっと視線をやって、

「おはよーございまーす。ＨＡＬです。よろしくお願いしまーす」

ペコリと頭を下げた。

プロフィールによれば『ショウ』と変わらない年齢だが、生真面目な『ショウ』とは対照的にいかにもアイドル系という軽さだった。

自分の撮影パートの前半が終わって小休止に入った雅紀は、とりあえずローブ姿で水分補給をする。パーティションで仕切られたドリンクコーナーには小腹を満たすための軽食なども置

かれてあるが、雅紀が手をつけることはなかった。

いつもならそのまま割り当てられたブースの中で休憩を取るのだが、今回のメンバーがメンバーだったのでそのまま見学することにした。

今は『ショウ』の撮りだった。

『ショウ』とマッチングされたのは今回が二度目である。

初顔合わせのときの『ショウ』は定番の挨拶からして固かった。緊張しているのが丸わかりだった。

期待の新人の片割れである『タカアキ』の新人らしからぬ自信過剰ぶりが目に余ったので、雅紀は特に『ショウ』には期待していなかった。いや、そもそも『アズラエル』の一推しという肩書きほどには関心がなかったというべきか。

一度だけ加々美が『タカアキ』と『ショウ』を連れているのを見たことがあったが、そのときも印象が薄かった。普通は一推しの新人ならばそれなりのオーラがあるものだが、控え目な性格だったとしても存在感が薄かった。その分『タカアキ』の小生意気ぶりが変に目立ちまくりだった。

その『ショウ』が日本での『ヴァンス』の顔に抜擢(ばってき)されたことは業界でも大ニュースだったが、雅紀的には『ショウ』がどうのというよりも、

（やっぱり、最大手の事務所力ってすげーな）

……だった。

ファッション誌『KANON』の特集号を見たときも、

（ツーショットの相手が妖精王子だと、ちょっと厳しそうだな）

……だった。

ピン撮りの『ショウ』は中性的なクールビューティーだが、二人が並ぶとどうしてもバランス的にいまいちで『ショウ』が貫禄負けしてしまうからだ。

そんなふうに思ってしまうのは、尚人がクリスに押しつけられた服、いわゆるユアンが撮影に使用しなかった色違いのスペアを着せてみたときの驚きというか衝撃というか、それが脳裏にこびりついているからだろう。

ユアンが冴え渡る白銀の月ならば、尚人は湖面に映る月影だった。おそらく、あの色違いの衣装を着て二人が並ぶと醸し出すオーラは真逆なのに、ユニゾン——まるで合わせ鏡のようにしっくり嚙み合うに違いない。

モデル志望でもないただの高校生に強引に服を押しつけたクリスには物申したいことは山ほどあるが、デザイナーの審美眼というのは本当に侮れないものだと実感させられた。それを認めるのはものすごく癪に障るけれども。

そのあと、メンズ雑誌の撮影で『ショウ』と初めて顔を合わせたわけだが、背中に貼りついたプレッシャーを気合いで乗り越えようとしているように見えた。

初めて『ショウ』を見たときの存在感の薄さはもうなかった。『ヴァンス』のイメージ・モデルに選ばれて一皮剝けた。当然、それもあるかもしれない。

先日発売されたムック本も尚人が加々美からもらった謹呈本で一足早く見たわけだが、ユアンとのツーショットのカバー写真は『KANON』のときよりもいい出来だった。ユアンのあの独特な個性には及ばないものの一方的に食われてはいなかった。心構えというか、イメージ・モデルのプライドというか、気持ちがしっかり固まってきたからだろう。

そして、今回。

ローブ姿のまま『ショウ』の撮影を凝視していると、次の撮りでスタンバイしているはずの神山がつかつかと歩み寄ってきた。

「今売り出し中の『ショウ』君は、どんな感じ?」

茶化している感じではない。

「いいんじゃないですか」

素っ気なく雅紀が返す。

「それなりに?」

「ちゃんと頑張ってる感じが」

「まぁ『ヴァンス』の看板を背負ってるわけだからプレッシャーはきつそうだよな。……いろいろと」

最後にボソリとこぼすあたり、業界の先輩としての本音だろう。

大チャンスを引き当てた者には、もれなく妬み嫉みが付いてくる。それはモデル業界に限ったことではなく世の中の常識でもあるが。

「『アズラエル』の一推しっていうプライドで相殺する根性はありそうですけど」

どこかの駄犬と違って、そこらへんはきちんとわきまえているように見えた。

「へぇー、そこは意外と高評価なんだ？」

「下手に妖精王子と張り合おうとしなければいいんじゃないですか？」

「イメージ・モデルとしての意地があるんじゃないかな」

「無理して空回るよりはマシかと」

「………シビアだね」

「神山さん的には、どうなんです？」

「俺『ショウ』君とは今回がお初なんだけど」

「まっさらな目で見た第一印象って、けっこう貴重な意見だと思いますけど」

とたん、神山が小さくプッと噴いた。

「あー、それってなにげに俺が出戻り組だってディスってる？」

………は？

思わず、まじまじと神山を見た。まさか、神山の口からそんな言葉が出てくるとは思わなくて。素で反応してしまった。

「おー、カリスマ・モデルの『鳩が豆鉄砲を食らったような顔』って初めて見たよ。いやぁ、眼福眼福」

ひとしきり喉で笑って。

「言う奴は言わずにはいられないっていう業界あるあるだよ」

神山はさらりと流した。

転身勝ち組の神山にも、雅紀が知らないだけでそれなりの気苦労があるらしい。

「まっさらな目で見て、だよな。………そうだな。『ショウ』君はいい素材だと思う。基本はきちんとできているようだし、向上心もありそうで。俺的には期待のニューカマーには『ヴァンス』を踏み台にしてジャンプアップしてほしいけど、逆に言えば『ヴァンス』の色付きにはならないでほしいかな」

『ヴァンス』の色付き…………。

なるほど。そういう見方もあるのかと思った。

(転身組の神山さんらしいセリフだよな)

歌舞伎や舞台、ミュージカルなどでは当たり役と言われるモノを持つことが一種のステータスとして評価されるが、いろいろな役を演じることが役者の本懐である俳優の中には特定の色が付いてしまうことを嫌がる者もいる。たとえば、大ヒットしたドラマのキャラクターでイメージが固定されてしまうのは嫌だというような。

演じる上で常にニュートラルな状態でというのが本音なのだろう。だから、色付きにはなりたくない。

（そりゃあ、何を演じても◯◯にしか見えない……とか言われるのはイヤだよなぁ）

モデルにとって一番の屈辱はただのマネキンに成り下がることだ。それと同じだろう。

「神山さんが転身したメリットって、なんですか？」

普段の雅紀だったら、そんなことは聞かない。ただ最近はいろいろ思うところがあって、特に親しくもない神山に聞くようなことでもないと思いながらも、その質問をぶつけてみた。神山が答えてくれるかどうかは別にして。

「何？　いきなりの人生相談？」

神山がニンマリと笑う。爽やか系イケメンの別の顔を見たような気がした。

「いや、そういうわけじゃないんですけど。強いて言えば、今までやってきたことをリセットして次のステップに進もうとしたきっかけはなんだったのかなという個人的興味です」

ものすごく不躾（ぶしつけ）なことを口にしているという自覚はあった。それでも、雅紀の口は止まらなかった。

「んー、きっかけと言うほどたいしたもんじゃないよ。とあるパーティーで知り合ったテレビ局のプロデューサーに声をかけられて、かな」

神山はあっさりと明かした。

ありがちと言えばありがちな、転身組のパターンとしては定番のコースだった。モデルにパーティーは付きもの。そこで名刺代わりに顔と名前を売り込むのも仕事のうちだった。

「オーディションとかですか？」

「いや、ただのエキストラ。ドラマで茶を点てるシーンがあってね。監督がディテールにこだわる人だったみたいで、でも本職の人を呼ぶほど時間も金もかけられないってことで。それをやってくれないかって」

「神山さん、茶道の心得があるんですか？」

「実家がそっち系だったもんで、それはもう、子どもの頃から嫌になるくらいみっちりと」

神山にそんな特技があるとは知らなかった。嫌になるほどやらされたのであれば、きっと和服での所作もプロ級で、すごく見栄えがしたことだろう。

「それが縁でちょこちょこ声がかかって今に至るって感じ。まぁ、今思えば、あれがひとつの転機だったかな。演じることが病みつきになった」

ちょこちょこはさすがに謙遜だろう。モデル出身の爽やかイケメンということで、テレビで顔と名前が売れるのも早かった。

「ありがちな理由でがっかりした？」

いですから」

「しませんよ。どういうきっかけであれ、神山さんがチャレンジャーであることに変わりはな

それでものになるかどうかは本人の努力次第だろう。

「そういう意味じゃ『ショウ』君もチャレンジャーって気がする」

『ショウ』にとって『ヴァンス』は大きな看板である。モデルにとって喉から手が出るほどの大チャンスをモノにできた。

けれども。『ヴァンス』にとっての唯一無二はユアンである。『ショウ』はあくまで日本におけるイメージ・モデルにすぎない。

それでも。『ヴァンス』というビッグネームの後ろ盾があるからこそ『ショウ』はモデルとして活躍できる場が広がった。

今回。『ショウ』を生で見て、ずいぶんキレがよくなったと思った。それは、彼がビッグネームに驕らずに精進しているということだ。

思い上がらず、高い目標を持って、やるべきことをきちんとこなす。そういう姿勢が見て取れた。

最初は誰でも初心者。

間違ってもいい。失敗してもいい。恥をかいてもいい。そこから学べることが多々ある。それが初心者の特権だ。

雅紀は自分ががむしゃらにやって来たから、他人からどういうふうに見られているか、どう思われているか、そんなことを斟酌する余裕などなかった。

けれども、尚人という心の支えを得て初めて、じっくりと周囲を見渡すゆとりが生まれた。

今まではモデルとしての自分と他人を比較したことはなかったし、それでなんの問題もなかった。

求められていることを、やるべきことをきっちりとやって結果を出す。それが雅紀のポリシーだった。

だから。『タカアキ』に対してはマイナスのイメージしかなかった。無視しても絡んでくる鬱陶しさに辟易どころか、躾のできていない駄犬もどきをマジで蹴り倒したくなった。周囲はそんな『タカアキ』の蛮勇ぶりを面白おかしくはやし立てるだけで、自分たちに実害が及ばなければいいという態度だった。

特に、加々美が絡むと『タカアキ』の箍が外れて始末に負えなくなるので、加々美に愚痴をぶちまけたこともある。

そんな『タカアキ』と違い『ショウ』はあくまで適切な距離感だった。一線を引いたようにまったく踏み込んでこない。

そんなものだから、雅紀も、平常心で『ショウ』をじっくり観察することができた。

新人も場数をこなすことでステップ・アップをする。本人なりの努力で限界突破に挑んでいる。一度目よりも二度目の成長が見て取れた。

限界突破…………。

そして、思った。カリスマ・モデルと言われてどのくらい経ったのか。

カリスマがレベルアップをしたら、帝王？

いや。あれは加々美だけの称号であって、他人が名乗っても意味がない。それこそ、モデル界の永久欠番だろう。

しかし。雅紀がいつまでもカリスマの称号に甘んじていたら、いつか、ふやけて腐れ落ちるだけだろう。

今回久々に神山と言葉を交わして、強くそれを実感した。

神山はモデルから俳優に転身して勝ち組になった。本人はそう言われることが不本意かもしれないが、違う場所できちんと結果を出している。輝いている。素直にすごいなと思った。

その神山に感化されたわけではないが、初心に戻ってチャレンジしてみるのも悪くはないように思えた。次なるステップ・アップのために。

停滞は感性を鈍らせる。

ぬるま湯にどっぷり浸かったままではいられない。

あの日、クリスからもたらされた提案。『ヴァンス』の旗艦店で流すプロモーション・ビデオの出演依頼を真剣に考えてみようと思った。

《＊＊＊　サマー・コレクション　＊＊＊》

七月下旬。

翔南(しょうなん)高校では夏休みに突入した。

三年生は部活を引退して本格的な受験モードになる。

三年三組。尚人(なおと)のクラスメートもそれぞれ塾の夏期講習に行ったり、夏休み中は学校の図書館が開放されている（クーラーが利いた涼しい環境で勉強に集中できるというので、受験生だけではない生徒にも好評）ので自主学習に励んだり、さまざまだった。

それでも、尚人の日常は変わらない。

「ナオちゃん、塾とかに行かなくてもいいわけ？」

最近ではすっかり我が家の買い物担当になってしまった裕太(ゆうた)に言われた。

「今更って感じ」

小・中・高校とも塾とはまったく縁がない。

言ってしまえば、単に生活が困窮してそれどころではなかったという話なのだが。特に行きたいとも思わなかったし、行ったから絶対に志望校に受かるわけでもない。

受験は生モノ。

受験に必勝法などない。

受験に『絶対』の二文字もない。

よく言われる台詞である。

それでも、大学受験は高校受験のときほどの切迫感も悲壮感もない。高校受験という人生最初のふるい落としをクリアした気持ちの余裕度が違うからだろうか。

実際。高校受験に惨敗（ざんぱい）した沙也加（さやか）の落ち込みようはひどかった。母親の死にまつわるあれこれがあったから、それもしかたがないのかもしれない。

人生の分岐点。どこに、どんな落とし穴があるかわからないものである。

「まぁ、ナオちゃんくらいだよな。塾に行かないで超進学高校に受かったのって」

当時も今も、受験に塾通いはセットである。それで自宅学習の尚人が本命一本に絞ったときには『無謀』だの『ナメてる』だのいろいろ言われて、その結果、地頭のよさを見せつけるかのように翔南高校に見事合格したときには皆が唖然（あぜん）としたのだが。

「その分、過去問はしっかりやったからなぁ」

受験対策としての過去問。過去に出題された問題集は書店に行けばすんなり手に入った。

やるべきことをきっちりやっていれば大丈夫。あとは体調管理を徹底して本番に備えるだけだった。

　本音を言えば。超難関高校に合格して、たとえ家庭環境が最悪だったとしてもやればできるということを周囲に知らしめたかったことに尽きた。もちろん、一番の願いは雅紀に『よく頑張ったな』と褒めてもらいたかった。当時は、それも叶わない願いではあったが。

「……で？　大学はどこ狙い？」

「一応、家から通える距離にある大学の英文科」

「はぁぁ？」

　裕太が呆れたように目を眇めた。

「ナオちゃん。まさか大学が県外になっても自転車で通うつもりじゃないよな？」

「やだな、裕太。俺、そこまでこだわってないって」

　翔南高校への自転車通学を決めたのは、そのほうが楽だったからだ。家からは最寄りの駅まで自転車、それから電車に乗り、降りたら歩いて学校まで……というのが面倒くさくて。それなら片道五十分くらいかかっても家から学校まで直通で行ける自転車通学のほうがマシだからだ。定期代だってバカにならないし。

　それでも、裕太はまだ疑わしそうな目で尚人を見ていた。いや、ナオちゃんならやりかねない――とでも言いたげに。

「電車かバスもあるよ。とにかく、家から通えることが大学選びの最優先だから」

そこは譲れない。

高校は学区制度もあって行けるところは限られていたが、大学は県またぎもOKだ。志望範囲はぐっと広がる。

「そんな決め方をするの、ナオちゃんだけだって」

「そうかな」

「そうだよ」

「でも、俺にとっては一番大事なことだから。大学のために家を離れて一人寂しくアパート暮らしなんかしたくないし」

本音である。

今更生まれ育った家を離れたくないという愛着ではなく、ようやく家族の絆と平穏を取り戻したのに、離れ離れに暮らすなんてそんなのは問題外。………というのが尚人の偽らざる気持ちだった。


不登校のまま中学を卒業して、当然、裕太は高校なんかには行く気もなかった。いや、はっきり言ってそのための学力もないから受験なんて絶対に無理に決まっている。そんな裕太にとって、塾にも行かずに（我が家の家事を一手に引き受けていたから時間もないし、そもそも金がない）超難関高校に合格した尚人は地頭のよさ＋（プラス）集中力のオバケである。どうしてあんなに勉強が好きなのか、いまだによくわからない。

でもって、学校まで自転車通学。下手をすれば片道一時間もかかるのに、マジで、ホントにあり得ない。………だった。

しかも、高校を卒業したら就職するつもりだったらしい。そのために有利になるようにと、英検一級の資格まで持っている。

有名大学への進学率県内トップの高校で就職とかマジであり得ないのに、高校二年のある時期まで尚人は本気でそう思っていたらしい。

それを聞いて一番焦ったのは雅紀（まさき）だろう。

いや、裕太だって愕然（がくぜん）としたけれども。それ以上に、雅紀は呆然（ぼうぜん）絶句だった。あんな雅紀を見たのは初めてだった。

その後、あれやこれやあって兄弟関係が修復できた。ぶっちゃけ言ってしまうと雅紀と尚人が心身ともにラブラブ状態になってからは、家の空気感が激変した。兄二人がそういう関係になったからといって、裕太には何を言う資格も権利もないのは自覚済みだった。

雅紀と母親のただならぬ関係を目撃してしまったらしい姉（沙也加）は『汚らわしい』『許せない』と激昂（げきこう）して家を出て行ったが、裕太は二人の関係を知っても平然と居座った。最初は意地で、そのうち、悶々（もんもん）としながらも慣れた。雅紀がそれを隠す気などまったくなく、嫌なら出て行け的な態度だったからだ。

慣れというのは怖（おそ）ろしい。

慣れてしまったら、そんなことはもうどうでもよくなった。裕太にとっては絶対に譲れないことの優先順位の最下位になってしまった。

求めるモノが違ってしまったから。自分たち兄弟の絆が大きく変質してしまったから。

初めは意地でも出て行ってやるものかと思っていたのに、逆に執着してしまった。我が家にいられることの安心感で。

尚人が大学進学の条件が『我が家から通える距離にある大学』だと言ったとき。最初は。

（ウソだろ）

（バカだろ）

（マジでありえねー）

そう思った。

常々、尚人は頭がいいくせにどこか天然が入っていると思っていたが、そんな理由で大学を選ぶなんて非常識もいいところだろう。

将来的にやりたいことがあって、そのために大学を選んで、受験して合格をしたら近くに住むところを決める。それが常道というものだろう。

けれども。

『大学のために家を離れて一人寂しくアパート暮らしなんかしたくないし』

尚人がきっぱりと言い切ったとき、なんだか本音でホッとしたのは事実だ。尚人が篠宮の家から出て行く気がないことを知って。

尚人が大学進学を決めたとき、最悪、一人で篠宮の家に取り残されてしまうのではないかと危惧した。

尚人が大学の近くのアパートに引っ越してしまったら、雅紀は絶対に家に帰ってこなくなるに決まっている。雅紀にとっての我が家は尚人がいる場所だからだ。冗談ではなく、それが雅紀の本心だからだ。

今まで、尚人は篠宮家の守り人だった。母親が死んでバラバラになってしまった家族を繋ぎ止めるための楔だった。

雅紀も裕太も沙也加も、三人が三人ともエゴ丸出しで篠宮の家のことなど顧みなかった。それでも、尚人だけが家の要であることを放棄しなかったからボロボロになってしまった兄弟関係が曲がりなりにも修復できた。

それを自覚した、いや、強制的に自覚させられたとき、裕太は頭を思いっきり殴られたような気がした。家に引きこもることは孤独ではなく、本当の意味での孤独は尚人に見捨てられることだったのだと。

きっと、雅紀もそれをリアルに実感させられたに違いない。

あの日。

あのとき。

我が家のリビングで。

『俺……高校まで行かせてもらえれば、それでいいから。そしたら、あとは、どこだって、ちゃんと一人でやれるし。いつまでも雅紀兄さんに寄生するつもりなんか、ないってば』

今まで見たこともないくらい青ざめた顔で、尚人が言った。

尚人の頭の中では、高校を卒業したあとの青写真がきっちり出来上がっているようだった。

高校を卒業したら家を出て一人暮らし？　尚人が？

………え？

………なんで？

それって………マジ？

そんなはずないだろ。

だって、以前、尚人は言った。

『俺が必要とされているのは、この家だけ……だろ？　だから、俺は――どこにも行かない。沙也姉がこの家を捨てていっても、おまえが堂森（どうもり）のじいちゃんトコに行っても、俺はずっとここにいる。雅紀兄さんが俺のこといらなくなっても、俺は……この家にいる』

尚人は篠宮の家にずっといる。

それが頭にあったから、裕太はある意味、強気で引きこもっていられたのだ。雅紀に嫌われても、雅紀が家に寄りつかなくなっても、尚人がいる。それがずっと続いていくものだとばかり思っていたから。

だから。尚人の『高校を卒業したら家を出て一人暮らし』宣言に愕然とした。

尚人が篠宮の家を出て新たに暮らすその家には、雅紀も裕太もいないのだ。尚人にいらないと言われたも同然だった。

それは、雅紀にとっても予期せぬことだったのだろう。いつもは冷え冷えとした態度で室内温度を下げまくりだった雅紀が呆然として何も言い返せなかったくらいだ。

あれは痛かった。

ものすごく、痛かった。思い出すと、今でもその痛みがぶり返してチクチクと胸を刺すほどに。

たぶん、あれからだ。今まで知らなかったことや考えることを放棄していたさまざまなことを考えるようになったのは。どこにもぶつけようのない怒りとそれなりに向き合えるようになったのは。

そして――――今がある。

尚人が大学生になっても、篠宮の家にいる。

裕太にも、ちゃんと自分の居場所がある。

それを思うと、胸のモヤモヤがすっきり晴れたような気がした。

§§§§§　§§§§§　§§§§§　§§§§§

七月末。

雲ひとつない快晴。

まぶしいのを通り越して、太陽光線がブスブス突き刺さって痛い。そんなある日の午後。

尚人は中野に誘われて、都内某所にある大型ショッピングモールに来ていた。

夏休みでもなければ、平日に、わざわざ電車を乗り継いでまでは来ない。それ以前に、尚人はこんなところに東京ドーム数個分の広さを誇るショッピングモールがあることすら知らなかった。

思った以上の規模だった。とにかく広い、天井が高い、明るい。それにも増して人が多すぎる。やはり、夏休みだからだろう。

「すごいね」

「……………だな」

「駅から直通のバスがバンバン出てるはずだよね」

「ちょっと、予想外」

今日、この場所で、中野の従姉妹(いとこ)が通う服飾学院(モード)のサマー・コレクションの発表会があるらしい。

ショッピングモールでファッションショー…………。

ちょっと、意味がわからない。あまりにも意外すぎて。買い物客で賑(にぎ)わう中であえてやると決めた人はかなりなチャレンジャーなのではないだろうか。

山下(やました)と桜坂(おうさか)にも声をかけたが振られたらしい。尚人は『お願い。いっしょに行って』と半ば拝み倒されたクチだ。

山下は家族でキャンプ旅行だそうで、中野に言わせると。

「塾の前期夏季講習が始まる直前にキャンプだなんて、余裕だよなぁ」

だったりする。

桜坂は空手の合宿だとか。空手を極めるほどストイックにはなれないとか言っていたが、相変わらず心身の鍛練には余念がないようだ。

「桜坂らしいっちゃらしいマイペースぶりだって」

尚人は深々と頷(うなず)いた。

「篠宮にまで振られたらどうしようかと思った。従姉妹には絶対に観(み)に来いって念を押されたけど、やっぱボッチじゃ辛い」

それが本音らしい。

「でも、中野ってけっこうファッション通だよね」

「まぁ、それなりに興味はある」

私服の中野はなかなかのオシャレ番長である。今日もばっちり決まっている。

「それって、その従姉妹さんの影響？」

「まぁ、それもあるかも。どっちかって言うと、そいつは衣装オタクだけど。趣味と実益を兼ねてイベントのコスプレとかやってるし」

「へぇー、すごいね。あーゆーのって、全部手作りなんだよね？」

「そう。だから、例の『リアルでコスプレ・ランキング』に大ハマりしてる」

「誰推し？」

「もちろん、死神シリーズのラスボス。語らせると止まらなくなるからチョーうざい」

死神シリーズのラスボスと言えば『ヴァルディアス』である。尚人はまったくゲームをやらないからどんなゲーム・キャラなのかさっぱりわからないが、自称ゲーマーである山下によると『最凶最悪、超絶美形、鬼強』らしい。

そのラスボスが今のところぶっちぎりでトップ。そのコスプレを雅紀がやる。

なので、パソコンで検索してみた。キャラクターを見て、山下の『あれをリアルでやれるのは篠宮の兄貴しかいない』という鼻息の荒さに納得した。

　ゲームの世界では『神絵師』と呼ばれるイラストレーターがいるらしいが、本当に超絶美形だった。しかも、なんでか『ＭＡＳＡＫＩ』に酷似。その手のファンサイトでは『ＭＡＳＡＫＩ』モデル説が有力らしい。

　その『ヴァルディアス』がリアルに動くとなったら、そりゃあぶっちぎりにもなるだろうなと思った。

「もしかして、中野もコスプレとかしたことある？」

「小学生のとき、騙(だま)されてやらされた」

「誰を？」

「アニメの魔法少女」

　中野がいかにも嫌そうに言うものだから、尚人も思わずプッと噴いた。

「あれ、俺の黒歴史」

「や……でも、すごく可愛(かわい)かったんじゃないかな。中野の魔法少女」

　写真があったら見てみたい。中野的には黒歴史らしいから、思っても口には出さないが。

　そうこうしているうちに、ショッピングモールの中央広場に着いた。そこがサマー・コレクションの特設会場になっていた。

「けっこう人来てるじゃん」

「もしかして、毎年の名物になってるとか？」

「わかんないけど、毎回は無理じゃね？　場所代が高すぎて赤字になりそう」

観覧は無料ということで買い物に疲れた人たちのちょっとした休憩スポットになっているのか、あらかた席は埋まっていた。

「なんか、今回はモデル養成所の若手モデルとコラボするみたいなこと言ってた」

「おぉ、本格的だね」

それは制作者たちも気合いが入ったことだろう。

「ビッグ・サプライズで大物が来るとか、来ないとか、口コミサイトでも盛り上がっているらしい」

「そうなんだ？　楽しみだね」

「ビッグ・サプライズで『ＭＡＳＡＫＩ』さんが登場したりしたら、パニックだよな」

ない、ない、ない……。

無理、無理、無理……。

怖い、怖い、怖い……。

まぁ、妄想するのはタダだけど。さすがに、家族連れで賑わっているショッピングモールにカリスマ・モデルは似合わないと思う尚人だった。

§§§§　§§§§§　§§§§§　§§§§§

特設会場のバックヤードは外から見えないように黒カーテンで仕切られている。

そこではサマー・コレクションらしく色鮮やかな衣装を着たモデルたちがすでにスタンバイしていた。

その中に『沙也（さや）』こと篠宮沙也加（しのみやさやか）がいた。沙也加にとってはこれが初めてのランウェイだ。たとえそれが、ざわつくショッピングモールの仮設の花道であったとしても。

今回のモード学院とのコラボレーションは『アズラエル』だけではなく他事務所の若手モデルも入っている。全員で十人。

このイベントにモデルとして選ばれただけでも価値がある。それぞれがライバルたちを蹴落（けお）としてこの場にいるのだ。つまりは所属事務所代表である。気合いが入るのも当然であった。

テレビ中継もオンライン中継もない地方のイベントだが、ランウェイの正面にはカメラが数台並んでいる。本番さながらだ。

知名度のない学院の生徒の作品とはいえ、制作者もモデルも謂（い）わばプロ予備軍（アマチュア）である。しかも、観客付き。

その多くは、今までファッションショーなどナマで見たことがないだろう一般客である。買い物ついでの興味本位と言えなくもない。

ショッピングモールには興味を引くものはたくさんある。そんな中でどうやって客の視線を引きつけて魅了するか。面白くないと思われてしまえば、すぐにそっぽを向かれてしまうだろう。観覧は無料なのだから。ある意味、モデルたちにとってはとんでもなくシビアな実地体験である。

そのせいか、皆、顔つきは真剣そのものであった。

「あと三分です。皆さん、よろしくお願いします」

スタッフの声がけに、場の空気が一気に締まった。


夏らしい軽快な音楽に乗って、モデルたちが出てくる。

拍手と歓声でざわつく中、笑顔でランウェイを歩く。ある者は颯爽と、またある者は弾むような足取りで。自分自身の個性を観客にアピールするかのようにポーズを決める。

そのとき。

尚人は。

笑顔を振りまくモデルたちの中に見知った顔を見つけた。

（あれ？　もしかして……沙也姉？）

吹き抜けの二階バルコニーからわずかに身体を乗り出して目を凝らした。

「ん？　何？　どうした？　気になる子でもいた？」

中野に声をかけられて。

「あ、うん。そうじゃないんだけど……」

言葉を濁す。

それでも、沙也加とおぼしきモデルを目で追い続けた。

ランウェイを歩き終えてステージ上に並んだモデルたちは衣装制作者である女子と並んで名前が入ったプラカードを持っている。そこには『アズラエル』所属『沙也』の名前があった。

（やっぱり、沙也姉だ）

昨年のガールズ・コンテストで沙也加が『アズラエル』にスカウトされたらしい話は聞いていたが、まさか、こんなところで沙也加と鉢合わせするとは思ってもみなかった。

別に会いたいわけでもないのに、こんなふうに偶然に出会ってしまうなんて。どういう因縁だろうか。

自分たち兄弟と沙也加の間には埋まらない溝……修復できないほどの亀裂が入ってしまったが、関係が断裂したからといって兄姉弟でなくなったわけではない。

兄は兄。

姉は姉。

弟は弟。

再生した絆は結べなかったが、永遠に消えないものもある。たとえ、そこにどんな蟠りがあろうとも。


沙也加たち五人グループの第一クールが終わって、第二クールの別グループが出て行く。バックヤードでは慌ただしく第三クールの衣装に着替える。そんなとき、学院の生徒たちがひそひそ話しているのが聞こえた。

「ねぇ、ねぇ、見た？」

「なになに？」

「すっごいイケメンボーイズがいた」

「えー、マジ？」

「どこどこ？」

「二階のバルコニー」

「あー、それ、見た見た」

「あの子たち、けっこうまじまじと見てたよね」

「次、ステージに出たら確認しちゃう」

バックヤードは一気に『イケメンボーイズ』で盛り上がった。

（やだ、何？　あたしたちは真剣にやってるのに）

沙也加は内心で愚痴（ぐち）る。

バックヤードでくだらない雑談で盛り上がるなんて、モード学院の生徒たちは緊張感が足りないのではないだろうか。やはり、お気楽なアマチュアだから？

衣装の着付けをしてもらいながらちらりと他事務所のモデルを見やると、彼女も『ちょっとウザいんだけど』的な目つきだった。

（あたしたちと学院の生徒じゃあ、やっぱりプロ意識が違うのかな）

ちょっとガッカリである。

そんなことを思いながらも、着付けが終わるとすっぱり気持ちを切り替える沙也加だった。


二階バルコニー。

第三クールが始まると、中野は思わず目を凝らした。

そして、尚人の腕をポンポンと叩（たた）いた。

「なぁ、篠宮。あの13番のモデルって、もしかして……姉ちゃん？」

驚いた。まさか、中野が沙也加のことを覚えているとは思わなかった。

「よくわかったね」

「そりゃあ、な。校門でおまえを待ち伏せしていきなり平手打ちした美人の顔、忘れるわけないだろ」

少しだけ苦々しげな口調だった。

中野が言うように、初対面であれはインパクトがありすぎたかもしれない。当の尚人は、中野に言われるまですっかり忘れていたのだが。

嫌なことや悲しいことがあっても、それは幸せな気持ちで上書きされる。尚人の心境はまさにそれだった。

「姉ちゃん、モデルになったんだ?」

「うん。スカウトされたらしい」

「血は争えないってやつ?」

「どうかな。そんなに甘い世界じゃないと思うよ?　モデル業界って一見派手に見えるけど、内情はけっこうシビアなサバイバルだって言ってたし」

どこの誰が?

――とは、さすがに中野も問わなかった。

ランウェイを歩く。ちょっとカッコつけた足取りで。

足のラインが丸見えの短パンが見せ所だから、そこを強調するように。

笑顔でポーズを決めて、ターン。

(ん、決まった)

第一クールのときよりも上手くできたと思う。出だしは、さすがに緊張してしまったので。

それからステージに並ぶ。

最後まで気を抜かずに、頭のてっぺんから爪先まで一本の筋が通るようにきっちりポーズを取る。視線はブレないように遠目に焦点を合わせて、スマイル。それが基本なのだが、そのとき沙也加は、なにげに軽く視線を上げた。学院の生徒たちが噂をしていた二階のバルコニーをチラ見するように。

――いた。

というより、ごく自然に視界に入ってきた。そこだけ空気感が違っていたからだ。

――見た。

噂のイケメンボーイズを。

瞬間、思わず目を瞠った。視線の先に尚人がいたからだ。

(……ウソ)

そのとたん、ステージにいることを忘れた。身体の奥底に沈んでいたモノがもぞりと蠢いたような気がした。

（なんでよ？）

尚人と視線が絡んだ。決して気のせいなどではなく。

二階バルコニー。

そのとき。

第一クールではブレることのなかった沙也加の視線が揺らいだ。なぜか、ちらりとこちらを見た。

そして、気付いた。尚人がいることに。

沙也加の双眸が驚きに満ちて、次の瞬間には怒りを孕んだ視線が尚人に突き刺さった。

………ウソでしょ。

………なんでよ？

………どうしてあんたがそこにいるのよ？

視線は雄弁だった。どんな言葉よりも。

だが、視線が絡んでも尚人は揺るがなかった。どんな悪感情を向けられても、気持ちは凪い

でいた。

(相変わらずだね、沙也姉)

そう思っただけで。

(何が違うんだろうね。乗り越えるか乗り越えないか、気持ちの問題だとは思うけど)

いまだに露骨に尚人を敵視する沙也加を前にして、もう心が軋むことはなかった。悪感情を向けられても視界に入れなければいいだけのことだ。すでに、尚人の中ではケジメが付いていたので。

変わる者。

変わらない者。

受け入れる者。

受け入れられない者。

過去に囚われている限り痛みは薄れることはない。それも選択肢のひとつだ。沙也加が選んだ道の先には、もう尚人はいないけれど。

だから。尚人はそっと視線を外した。

絡んだ視線が不意に途切れた。

とたん、沙也加の耳には場内のざわめきが戻った。
ハッとした。今、自分がどこにいるのかを自覚して。
仕事中に雑念に囚われていた。
五秒？
十秒？
二十秒？
空白になっていた時間が気になって、今更のように心臓がドキドキした。
思いもかけない失態だったが、幸い周囲に影響はないようでとりあえずホッとした。
音楽に乗って観客の手拍子が始まる。それがステージ上からの退場の合図になった。
ちゃんと。
しっかり。
やるべきことをやる。
わかっていても、胸のモヤモヤはなかなか収まらなかった。

§§§§　§§§§　§§§§　§§§§

そのとき。

本日のサプライズ・ゲストである貴明（たかあき）は、会場とは別の控え室でスチール椅子にふんぞり返ったまま出番を待っていた。寛（くつろ）いでいるとは言いがたい仏頂面で。

控え室にはマネージャーの狭山（さやま）しかいないからそういう態度でいられるのだが、人気モデルのそんな顔がすっぱ抜かれたりしたらファンは幻滅してしまうだろう。

第五クールの作品紹介が終わったあと、サマー・コレクションで一位から三位に輝いた衣装のお披露目がある。その作品を着たモデルとデザイナーのエスコート役が今回の貴明の役目だった。

（なんで、俺が、こんなチンケな仕事をやらなきゃならないんだよ）

学院生のファッションショーなんて、貴明に言わせればお遊びもいいところだ。

（どういう罰ゲームだよ）

経験の浅い若手モデルにとってはいい実地訓練になるかもしれないが、たとえサプライズ・ゲストとはいえ貴明のようなプロ・モデルのやる仕事ではない。

（俺は『アズラエル』の『タカアキ』だぞ）

内心、毒舌吐きまくりの貴明であった。

まるで当てつけのようにこんな仕事を取ってきた狭山の気が知れない。いったい、何を、どうしたいのか。まったく理解できない。

「こういう地方のイベントに参加することも業界にとっては意義のあることですから。『タカアキ』君には役不足でしょうが、まぁ、ボランティアのつもりで頑張ってください」

こんなままごとのどこに意義があるのか。

よりにもよって、どうしてその役回りを自分に振るのか。今までの貴明の仕事ぶりをコケにしているとしか思えない。

意味がわからない。

納得できない。

………ただただムカついた。

§§§§§　§§§§§　§§§§§　§§§§§

ステージ上では順調に第五クールの作品紹介が終わった。

「それでは、最後にモード学院サマー・コレクションで大賞、優秀賞に輝いた三点をご紹介いたします」

拍手が一段と大きくなった。

ＢＧＭもそれまでの軽快な夏仕様とは違って、格調高いものに変わった。さすがにファンファーレは鳴らなかったが。

「エスコート役は本日のサプライズ・ゲストの『タカアキ』さんです」

そのとたん、会場が一気にざわめいた。

まさか『タカアキ』のような人気モデルがこんな地方のイベントにやって来るとは誰も思わなかったに違いない。

「うお～～」

「きゃあ♡」

「マジで？」

「すごーい♡」

期待に満ちた歓声はビシッと濃紺の三つ揃いで決めた『タカアキ』が大賞を受賞した衣装を着たモデルをエスコートして姿を見せると、更に大きくなった。

（うん。普通にカッコいいな）

雅紀を見慣れているので美形への耐性がついているせいか、イケメンの定義が人より少しだけズレている尚人だった。

ごく普通のイケメン。

魅力的なイケメン。

個性的なイケメン。

ハイパー・スペシャルなイケメン。

きっと、この場にいる者たちには人気モデルの『タカアキ』はワイルドな魅力のイケメンに見えるのだろう。なんといっても『アズラエル』の一推しという肩書きは侮(あなど)れない。

それでも。

(んー……。なんか、ちょっと、違うかなぁ)

周囲の歓声ほど心が動かなかったのは単に『タカアキ』が尚人の好みとは違っているというより、『タカアキ』からは響いてくるモノが感じられなかったからだ。

(だって、ぜんぜん楽しくなさそう)

笑顔だけど。

……笑っていない。

ステージに出てきたレディース・モデルたちも笑顔だった。弾(はじ)ける笑顔だったり、蠱惑的(こわくてき)な微笑(ほほえ)みだったり……いろいろ。たとえそれが営業用の笑顔だったとしても、彼女たちは精一杯観客にアピールしていた。だから、観客も楽しそうに手拍子で応えたりしていた。

なのに。笑顔を浮かべていても『タカアキ』はちっとも楽しそうじゃない。顔に貼りついた笑顔が仮面のようだった。少なくとも、尚人にはそう思えた。

『タカアキ』が優秀賞二人と大賞一人のモデルを笑顔でエスコートし終わると、会場の盛り上がりもピークになった。

§§§§　§§§§§　§§§§§　§§§§

サマー・コレクションは盛況のうちに終了した。サプライズな『タカアキ』効果の余韻を残して。

バックヤードでは無事に終わった喜びで沸いていた。

モデルたちはすでに撤収している。残っているのは学院生とその関係者くらいだ。

モード学院は服飾の専門学校なので、年齢も性別もまちまちである。今回は晴れ舞台ということもあってか、皆、髪型も服装もけっこう個性的であった。

そんな中、花束を手にした中野と尚人がやって来ると。

「きゃー♡」

「イケメンボーイズだ♡」

「うそぉ♡」

「マジでぇ♡」

一気に嬌声が跳ね上がった。

「は？」

「え？」

尚人と中野が『何、それ』とばかりに顔を見合わせると。

「「「「いやぁ～～ん♡」」」」

「「「「可愛いぃぃぃ♡」」」」

嬌声が更にピンク色に染まった。

その圧に押されるように、尚人と中野は顔を強ばらせてちょっとだけ退いた。

…………と。ショートカットの髪をピンクに染めた女子がするすると近寄ってきて。

「やだ、大ちゃん。どういう関係？」

中野の腕をツンツンと突いた。

どうやら、中野を『大ちゃん』呼びにする彼女が例の従姉妹らしい。先ほど『タカアキ』にエスコートされた大賞受賞者である。

「はぁ？　クラスメートに決まってんだろ」

ぶっきらぼうに告げて、中野は綺麗にラッピングされたバラの花束を突きつけた。

「ほら、美音。大賞、おめでとう」

「大賞受賞、おめでとうございます」

すかさず、尚人もカラフルな花束を差し出す。

「ありがとう」

美音は満面の笑みだった。本当に嬉しそうで、尚人も釣られて笑みがこぼれた。

この花束は第四クールが終わったあとに、モール内のフラワーショップで買ってきた。どんな花束がいいのかわからなかったので、おまかせで見繕ってもらった。

そのときに、今日の中野のミッションが従姉妹に花束を渡すことだと聞いた。彼女の親は都合が悪くてこられないので、彼女と一番仲のいい中野が親戚代表でその役目を仰せつかったらしい。

中野は相当ゴネたらしいが、結局、

『いいじゃないの、どうせ暇なんだから。せっかく美音ちゃんの晴れ舞台なんだからお祝いの花束くらい持って行ってあげなさい。サプライズよ、サプライズ』

母親に押し切られたようだ。

どうりで中野が尚人を誘うわけだ。さすがの中野も、女子軍団の中に一人で突入するのは気後れしたようだ。

よくよく見れば、優秀賞の二人も花束を抱えている。やはり、受賞者に花束贈呈は基本中の基本なのだろう。

（だって、大賞だもんな。花束はお約束だろ）

こうやって無事にミッションをクリアできてよかった。あくまで、尚人は中野のオマケにすぎないが。

「大ちゃんのクラスメートの何君？」

美音は暗に興味津々である。

少しだけ考えて。

「尚人です」

下の名前だけ名乗った。

中野の従姉妹がまさかのファッション関係者。当然、中野が翔南高校に通っていることも知っているだろうし、『ＭＡＳＡＫＩ』の実弟が翔南の生徒だということも今ではバレバレである。ここで『篠宮』の名前を出すと、さすがにまずい気がした。

「尚君、ね。よろしく」

バチンと、ウインクが飛んできた。なかなかお茶目な人らしい。

「や、よろしくしないでいいから」

すかさず、中野がバッサリ切り捨てた。

従姉妹への扱いがかなりぞんざいである。

「え～～ッ。大ちゃんのイケズ」

「俺のクラスメートで遊ぶな」

どうやら、このやりとりが中野と彼女の定番の距離感らしい。

周囲がニマニマと生温かい目で見ているのが、なんだかちょっとだけ気恥ずかしい。尚人は思いっきり部外者だったりするのだが。

「このあとみんなで打ち上げするんだけど、大ちゃんも来る?」

にっこり笑顔で誘われて。

「遠慮しとく」

中野が即答で返す。まぁ、そうだろう。

「尚君は?」

この展開であえて尚人に振ってくるあたり、彼女は多少のことではメゲない性格なのかもしれない。

「このあと、中野と寄るところがあるので。すみません」

――――と。

「そう。この礼儀正しさよ。大ちゃん、ちょっとは見習ったら?」

「相手による」

「ホント、可愛げがないんだから。魔法少女時代はあんなに可愛かったのに」

これ以上黒歴史を暴露されてはたまらないとばかりに、中野はがっしと尚人の腕を摑(つか)んだ。

「尚君、行くぞ」

　すると、場は一気にざわついた。黄色とピンク色の嬌声マーブルに。

§§§§　　§§§§　　§§§§　　§§§§

　サマー・コレクションのフィナーレが大盛り上がりで終了してステージを降りるなり、貴明は営業用の笑顔を瞬時で消し去った。いいかげんやってられるか——とばかりに。

　そのまま『タカアキ』専用の控え室に戻ってくると、ぐりぐりとネクタイを緩めてどデカいため息を吐き出した。

「お疲れさまでした。『タカアキ』君」

　狭山がミネラルウォーターのペットボトルを差し出して労う。

　それすらもが鬱陶しい。

（それって嫌味か？）

　貴明がじろりと狭山を見やった。

（嫌味だろ）

嫌味以外には聞こえない。

（疲れるほどの仕事なんかしてないッつーの）

それに尽きた。

顔に営業用の笑みを貼り付けっぱなしだったから、いいかげん表情筋が攣りそうになった。モード学園の生徒で格好も個性的としか思えない女子三人を、ステージからランウェイにエスコートして戻っただけ。

お気楽モードである。まったくやり甲斐がない。若手モデルは疑似ステージでの実地体験ができて満足だったかもしれないが、貴明はモデルとしての見せ場がまったくなくて不完全燃焼もいいところだった。

「おかげさまで大盛況でした」

会場のキャパ的にはこぢんまり感がしたが、むしろ、それがよかったのか。達成感がより実感できて？　狭山に大盛況と言われて、貴明は鼻先で笑い飛ばしたくなった。

（ていうか、ありえねーだろ。ショッピングモールでファッションショーとか）

客寄せのイベントならば地元アイドルを呼べばよかったのでは？　そしたら、もっと、ずっと盛り上がっただろう。

なのに、予想外に観客の受けがよかった。

あんな程度で盛り上がれるくらいにはみんな暇だったのか。

ショッピングモールに来る客に審美眼を期待するだけ無駄なのかもしれない。みんなで楽しくお祭り気分。地方イベントだったら、それでいいのだろう。サプライズ・ゲストとしてわざわざ『タカアキ』が参戦する意味があったとは思えない。

「どうでしたか？」

「何が？」

「『タカアキ』君なりの手応えはありましたか？」

（あるわけねーだろッ）

吐き捨てたいのをぐっと堪える。

ここで悪態をついたら、ますます狭山のペースにはまるだけだと思った。

ふてくされた顔つきを隠そうともしない貴明を横目で見やって、狭山は内心どっぷりとため息をついた。

（リ・スタートにはもってこいの案件だと思ったんですがねぇ）

少々読みが外れてしまった。

狭山としては、マネージャーが交代した意味をもっと真剣に捉えてくれるかと期待していたのだが。どうやら、貴明は人気モデルである自分が理不尽に軽く扱われていると思っているようだ。そのことに対して怒りが収まらないという顔つきだった。

（本当に、どうしてここまで傲慢(ごうまん)になってしまったんだか。………困ったもんだ）

今現在。『アズラエル』の期待の新人に対する上層部の評価はきっちりと明暗が分かれてしまった。

最初は『タカアキ』がリードしていた。ポジティブなワイルド系というウリが功を奏したように思えた。

仕事も順調だったし、そのまま行けば事務所の新たな『顔』になってくれるだろうという期待が持てた。マネージャーである加藤(かとう)との相性も良さそうだった。

ちなみに。若き日の加々美(かがみ)がこの系統だった。もっとも、加々美の場合はワイルドというよりも人タラしのヤンチャ系だった。

どの現場に行ってもすぐに馴染(なじ)んで、スタッフにも可愛がられた。本当にあれは希有な才能だった。冗談まじりで『加々美は魅了眼の持ち主だ』とまで言われたほどだ。

普通、魅了は異性に対して絶大な効果を発揮するものだが、加々美の場合は男性ファンの支持率が異様に高かった。その結果として『メンズ・モデル界の帝王』という称号付きになってしまった。今でもその人タラしぶりは継続中で、一番の信奉者がカリスマ・モデルの『ＭＡＳＡＫＩ』だと言われている。

ぶちまけて言ってしまうと。『アズラエル』としては『タカアキ』を加々美二世として大々的に売り出したいという思惑があったのだが、多少のヤンチャは許されても傲慢無礼な言動は問題外だった。

　オリジナルのコピー商品どころか劣化版になってしまった。期待していただけに上層部の失望も大きい。

　貴明本人も、周囲から加々美二世として期待されているようなことを感じていたのだろう。加々美にも積極的にアピールしていたがまったく相手にされず、その分執着心が増したようだった。そのせいで『ＭＡＳＡＫＩ』に対してもこじれたライバル心を抱くようになってしまった。『ＭＡＳＡＫＩ』にしてみればはた迷惑の極みだったに違いない。

　最初は事務所の後輩が大先輩に懐きまくる姿を微笑ましく思っていた周囲も、あからさまな態度にやがては眉をひそめるようになった。好感度もだだ下がりであった。

　そこらへん、加々美が上層部にクレームを入れたことはない。だが、自分の都合のいいように加々美を偶像化して曲解する貴明が、事務所の後輩というだけで厚かましく擦り寄ってくるのが、内心非常に不快な気分だったかもしれない。誰だって、自分の劣化コピーもどきを見たいとは思わないだろう。

　与えられた課題をクリアしてそれなりの成果を出したことは否定できない。モデルとしての資質はあるのに、新人としては珍しく早々とスポンサーがついたことで慢心してしまった。

　自分を曲げない傲慢さが鼻につきだした。

そんな貴明をコントロールできないマネージャー加藤の管理能力も問題視された。『アズラエル』にとってモデルは大切な商品である。そこにはさまざまな付加価値がついている。その価値を上げるようにすることはもちろんだが、最悪、下がらないようにきっちり管理するのがマネージャーの役目である。が、どうやら加藤には荷が重すぎたようだ。

それで部長の榊(さかき)から狭山に辞令が来た。加藤に代わり『タカアキ』のマネージャーを任ずると。

これまでも『タカアキ』に対する細々(こまごま)としたクレームはあったが取り立てて大きな問題を起こしたわけではない。業界的に見れば些末(さまつ)な問題である。きちんと結果を出している限りはそういう性格の悪さも許容範囲であると割り切ることもできた。

今まで、加々美は内心どんなに辟易(へきえき)していたとしても、直接的なクレームを口にしたことはなかった。しかし、『ジュエリー・テッサ』の件はさすがに無視できなかったようだ。

「このままじゃ、いつか、本当に大ポカをやらかすぞ。最悪なことになる前にきっちり矯正(きょうせい)したほうがいいんじゃないか?」

榊に苦言を呈した。

加藤からそんなことがあったとの報告はなかった。黒田(くろだ)社長との間でどういうやりとりがあったのかは知らないが、加藤としてはとりあえずその場は丸く収まったとの認識だったのかもしれない。そういう思い込みが一番の問題だった。

加々美から報告を受けて、黒田社長には榊が直接謝罪の電話を入れた。そのときは。

『急に体調が悪くなったようだから、しかたがないでしょう』

それで済ませてもらったが、やってしまったことがそれでチャラになるわけではない。おそらく、来季のスポンサー契約はなくなるだろう。

『アズラエル』にとっては手痛い失態である。会社としての信用度が揺らいだからだ。

そこらへんの重要性を『タカアキ』はまったく理解していないのだろう。マネージャー交代を告げられたときのあからさまな顔つきがそれを物語っていた。

（さて、どうしますかね。大鉈を振るうのは簡単だが、それをやってしまうと『タカアキ』の商品価値が大幅に下落してしまうことになるのがなぁ）

『タカアキ』には新人モデルとしては破格の初期投資がかかっている。このままポイ捨てにはできない。狭山はそのテコ入れのために投入されたのだ。『タカアキ』が不良債権になってしまう前になんとかしろということである。

（まぁ、とりあえずガツンと一発へし折って挫折感というものを味わってもらうかな）

加藤の気配りが貴明を増長させてしまったのなら、まずは躾け直しが必要だろう。

それに比べて、最近の『ショウ』は頑張っている。

今まで格下扱いにしてきた『ショウ』がビッグ・チャンスを手にして飛躍を遂げている。『タカアキ』にすれば、それも面白くないのだろう。

嫉妬心は変に拗らせると実に厄介だ。

とにもかくにも『アズラエル』の一推しが片翼落ちしてしまうのは、まずい。それを思い、狭山はふてくされたままの貴明に声をかけた。

「『タカアキ』君。時間は有限です。気合いを入れ直してきりきり行きましょうか」

§§§§　§§§§§　§§§§§　§§§§§

本日の沙也加の仕事は終わった。

あとは撤収するだけ。とりあえず、何事もなく終わってホッとした。

(まさか、サプライズ・ゲストで『タカアキ』さんが呼ばれるなんて思わなかったけど)

あれにはビックリした。

誰かスペシャル・ゲストがやって来るようなことは聞いていたが、それが『タカアキ』だとは思わなかった。

相変わらずの格好良さだった。ランウェイを歩く足取りはしなやかで、決めるべきところはビシッと決める。さすがである。ステージ上で見ているだけで勉強になった。

（あたしも頑張らないと）

自然と気合いが入った。

そのまま控え室で着替えていると。

「ねぇ、ねぇ。例のイケメンボーイズたち、大賞取った人の関係者だったみたいよ」

誰かが言った。

思わず聞き耳を立ててしまう。

「なんで知ってるの？」

「さっきバックヤードをちらっと覗いたら、イケメンボーイズが花束を渡してた」

「そうなんだ？」

「やっぱり関係者でもなきゃ、わざわざ見に来ないよね」

「花束かぁ。いいなぁ、学院の生徒にはそういうオプションがついてて」

「だって、彼女たちにしてみたら晴れ舞台だもん」

「それがショッピングモールの仮設舞台でもね」

チクリと、誰かが腐す。

「あー、あたしも早く本物のランウェイを歩いてみたーい」

「どこかの誰かさんみたいなコネでもなきゃ無理でしょ」

クスクスと笑い声がする。誰に対する当てこすりなのかは明白だった。

（あー、ウザ……。ホント、くだらない）

さっさと着替えてしまうに限る。

「お疲れさまでした」

さりげなく口にして、沙也加は控え室を出た。

そのまま出口に向かうつもりで、ふと足を止めた。会場のバックヤードからざわめく声がしたからだ。

（わざわざこんなところにまで付き合ってやるくらいには親しい友人ってことよね）

先ほどの彼女の台詞(せりふ)を思い出す。

中学時代、沙也加は基本ボッチだった。篠宮家のスキャンダルに誰も彼もが腫れ物にでも触るような態度だった。

高校生になっても、それは変わらなかった。二次募集でかろうじて入学できた私立高校は本当に嫌になるほど程度が低くて校則も無視するのが当然といったヤンキーもどきが多く、沙也加はクラスメートに積極的に話しかける気にもなれなかった。高校受験に失敗したという現実は思った以上にキツかった。

結局、三年間、友人らしい友人もできなかった。その分、大学受験に一発合格するという目標に全力を注ぐことができたのは皮肉というしかない。

けれども、尚人は翔南高校で普通に友人ができたらしい。

今更そんなことを気にするだけ時間の無駄。わかっていても口の中がザラついた。

と、そのとき。バックヤードから誰かが出てくる気配がして、とっさに柱の陰に隠れた。

出てきたのは、尚人とその友人らしき少年だった。

「じゃあ、尚君。飯でも食いに行こうぜ」

「中野。それ、やめてほしいんだけど」

「え？　それって、どれ？　尚君」

「中野に尚君呼ばわりされると鳥肌立ちそう」

「ひでぇな」

中野と呼ばれた少年が、肘で尚人の脇腹を小突く。

「痛いよ」

ちっとも痛そうでない声で、尚人がクスクス笑う。

「や、マジで腹へったからさ。フードコートで何か食おうぜ」

「そうだね。遅めの昼飯ってことで」

「この時間帯なら、そんなに混んでないんじゃね？」

肩を寄せ合って歩く後ろ姿には親密度がこもっていた。

（なによ）

（なんでよ）

（どうしてよ）

グッグッと込み上げてくるものがあった。自分ができなかったことを尚人が容易く手に入れたことに対する、嫉妬？

ごく普通に高校生活を満喫しているらしいことへの、やっかみ？

それとも、ただの八つ当たり？

久しぶりに尚人と出会って、しっかり視線も絡んだ。尚人との再会に、沙也加は少なからず心を掻きむしられた。

なのに、尚人はまるっきり沙也加のことなんて気にも留めていない態度で楽しげに軽口を叩きながら去って行く。

それが、どうにも許せなくて。沙也加はその場に立ち尽くした。

《＊＊＊　リアルでコスプレ・ランキング　＊＊＊》

ギラギラの猛暑だった。

熱中症警戒アラートが連続発令される炎暑だった。

アスファルトに陽炎（かげろう）が立つほどの酷暑だった。

あまりの暑さに誰もがエアコンの利いた部屋に引きこもって、住宅街もゴーストタウン状態というのも珍しくない。

かと思うと、いきなり局地的なゲリラ豪雨があって。

蝉（せみ）の大合唱は相変わらずだったが、夏の風物詩も年々様変わりをしていくようだった。

そんな、八月初日。

ついに。『リアルでコスプレ・ランキング』の最終結果が発表された。

大方の予想通り、ぶっちぎりの一位は『ＭＡＳＡＫＩ』だった。つまりは、死神シリーズ最凶最悪、超絶美形のラスボス『ヴァルディアス』である。元々のゲーム・キャラとしての人気もさることながら、やはり『ＭＡＳＡＫＩ』効果は絶大だったということだ。

ゲーム経験のない尚人でも思う。カリスマ・モデル『ＭＡＳＡＫＩ』がリアルにコスプレ、しかも公式イベントでやるのであれば絶対に見たい！　それはもう、ゲームとは別次元の話であるからだ。

たぶん。

……………おそらく。

…………………きっと。

そういうファン心理の表れに違いない。

最初から最後までトップを独走していたため、二位以下が翳んでしまうほどだった。対抗馬もいなければ大穴もいない。ブックメーカーもまったく勝負にならないほどの圧勝だった。

とにもかくにも、その一報が流れたときのどよめきはすごかった。ネット上はもちろん、マスコミもこぞってその話題を取り上げたほどだった。

発表当日、雅紀は仕事で海外にいたのだが驚きはあまりなかった。中間点で大差がついていたし、その後はコスチュームの先取り採寸の要請もあった。そこで半分勝負は決まったようなものである。

それ以前に、世間が熱狂するほどゲームには興味がなかった。

もちろん、最終結果が出たら正式にオファーは受けるつもりだった。

基本、雅紀は仕事の選り好みはしない。依頼書にはきちんと目を通し、内容を確認してから受ける。当然、マネージャーまかせにもしない。

祝福メールは山のように届いた。友人や仕事関係からまんべんなく。みんな我が事のように喜んでくれた。仕事は仕事とドライに割り切っている雅紀は、コスプレ・イベントに対する自分と世間との温度差を今更のように感じてしまった。

（はぁぁ………。みんな暇を持て余してるんじゃねーか？）

皆に祝福されるのはありがたいことだが、この先のことを考えると、ついつい『めんどくせー』と思ってしまった。

その杞憂は羽田空港の国際線到着ロビーに着いたときに現実となった。到着出口の向こう側で大勢のマスコミが待ち構えていたからだ。

（………出たくない）

本音がだだ漏れた。

ことさらゆっくりとした足取りでドアを出ると、一斉にフラッシュ攻撃に晒された。サングラス越しだったからまぶしさがずいぶん軽減されたのがせめてもの救いだった。

「「「お帰りなさい『ＭＡＳＡＫＩ』さん」」」

不協和音のような呼びかけがうざい。

「「「おめでとうございます『ＭＡＳＡＫＩ』さん」」」

ひっきりなしの声かけが鬱陶しい。

ついでとばかりにマイクやレコーダーが突きつけられた。

「コスプレ・ランキングぶっちぎりの一位でしたが、今のお気持ちは？」

「運営本部からの事前通知はあったんでしょうか？」

「お披露目イベントに向けての意気込みは？」

「一言、お願いします！」

『MASAKI』さん。

……『MASAKI』さん。

…………『MASAKI』さん。

（あー、もう、うざいッ）

こういう囲み取材が嫌で予定をずらして戻ってきたのに、いったい、どこから情報がもれたのか。仕事絡みとはいえ、まるでストーカー並みの嗅覚である。

今ここで何かコメントをしない限り、はた迷惑なマスコミのバリケードを突破できそうにない。

しかたがないので、雅紀は声を張り上げ続けるマスコミに向けて軽く手を上げた。

とたん、場がしんと静まり返った。いっそ笑えてくるほどに。

雅紀のレアな肉声が取れるチャンスをフイにしたくないのは各社共通だった。言ってしまえば、それに尽きた。

「後日、改めて会見いたします。日時は追ってご連絡いたしますので、よろしくお願いいたします」

とっさに思いついたアドリブではない。日本に戻ってくる前にマネージャーの市川から『ぜひとも記者会見しましょう』みたいなことを言われていたからである。

一応の言質が取れたことで彼らも安堵したのか、ようやく雅紀は取材陣から脱出することができた。それでも、カメラのシャッター音はしつこく追いすがってきたが。

当然、篠宮家の夕食でもその話題は尽きなかった。

「雅紀兄さん、ぶっちぎりの一位おめでとう」

雅紀がテーブルに着くなり尚人が言った。満面の笑みで。

さすがに、そこで『何が？』などとはぐらかす気にもなれない雅紀だった。

「ありがとう」

さらりと受け流す。

すかさず。

「何、そのテンションの低さ。あんまり嬉しくなさそう」

裕太の鋭い突っ込みが入った。

「空港に着くなりマスコミにどっと囲まれたあとだからな。テンションもだだ下がるだろ」

雅紀のマスコミ嫌いは公然の常識である。

尚人が被害者になった暴行事件ではテレビ局のリポーターの行き過ぎた発言が元でブリザード光線が炸裂して『マスコミ潰し』などという異名がつき、実父絡みのスキャンダル騒動の過熱報道で更に拍車がかかった。

他人の不幸は蜜の味、だからだ。自分に実害が及ばない限りはどんな悲惨な事故や犯罪被害でも対岸の火事を眺める傍観者にすぎないからだ。知る権利という傲慢で人の痛みを踏みにじる恥知らずな報道組織というものが、雅紀は大嫌いだった。

「それって、雅紀にーちゃんが最後の一人だったから、マスコミもコメントダッシュに必死だったんじゃね？」

裕太の言う通り、雅紀以外のベスト10入りした者たちは早々と記者会見を行った。各社宛てのメールで済ませずに、皆が皆、会見というスタイルを取った。

皆、喜びに満ちあふれた笑顔だった。

なにしろ、ゲームファンだけではなく日本中が注視していると言っても過言ではない一大イベントである。その十傑に選ばれたのだからテンションも爆上がりだろう。それがただのコスプレだったとしても。

すでに『十傑』という言葉が流行語になり、あっという間に世の中に浸透してしまった。多大な期待を持って。

これから行われるアリーナでのお披露目だけではない。おそらくは大なり小なりそれに関連した催し物が待っている。……という憶測はかなり前からネット上を賑わしていたが、十傑のメンバーが発表されてからはどんどん過熱ぎみになっていった。

◎十傑のコスプレ写真集が出る。
◎十傑のお披露目ドームツアーが企画中。
◎十傑のファンの集いがある。
◎十傑のグッズが発売される。
◎十傑のラッピング電車が走る。
……………などなど。

ファンの妄想&願望が暴走中であった。

何が実現可能なのかはわからないが、イベント当日には何らかの発表があるはず。というのがファンの共通認識だった。

ファンだけではなく、当然、選ばれた者たちの皮算用もある。これだけ世間の盛り上がりが熱狂的ならば、次に繋がるオファーがあるかもしれないと。

運営委員会の思惑がどこにあるにしろ、イベントにはさまざまな利権が絡み合っているのは周知の事実で、ここでみすみす商機を逃す者はいないだろうというのが大方の読みだった。

ひとつのイベントから次々にコラボ商品が生み出されていくのは誰もが知る世間の常識であ

った。需要と供給が上手く嚙み合ってこそ市場は活気が出て経済も回っていくのである。

「もしかして、雅紀兄さんも会見とかやるわけ?」

「……不本意だけど」

きっちり公言してしまったあとではあるし、今更撤回はできない。

会見に質疑応答は付きものである。それが一番面倒くさい。

いっそ、先に質問状を寄越せと言いたい。それならば時間も節約できるし、後腐れもない。たとえ質問状の答えが気に入らなくても、きっちりと答えたのだからあとは無視しても構わないだろう。そんな会見は意味がないと言われそうだが。

「本音で嫌そう」

「ネットで一律にコメントを流したほうがマシ」

「ダメに決まってるじゃん」

「だよね。ほかの人たち、ちゃんとやってるし」

前例が付いてしまうと、あとはそれに倣えである。マスコミ相手では、特に。

『オフィス原嶋』的にも、やらないという選択肢はない。はっきり言って、雅紀に拒否権はないも同然である。

「でも、俺、ちょっと楽しみ」

尚人までそんなことを言い出す。

「なんで？」

「だって、我が家にいるときとは違った雅紀兄さんが見られるわけだし。モデル・バージョンの雅紀兄さんをテレビで堪能できるチャンスってなかなかないもんね」

「何？　ナマよりも営業用のほうがいいって？」

つい拗ねてみたくなった。

「そりゃあ、我が家じゃ特大のネコを脱ぎ捨てて本音丸出しだから、たまにはキリッと、シャキッと、すんばらしくカッコいいハイパー・スペシャルなカリスマ・モデルの雅紀にーちゃんを見てみたくなるよな」

裕太が言うと嫌味にしか聞こえない。

（本音丸出しなのは、おまえも同じだろ）

引きこもりだった頃の反動なのか、ズバズバ本音を吐きまくる。

基本的に、裕太は尚人に対する甘えがある。何を言っても許されるわけではないが、口に出さなければ何も伝わらないというのを切実に実体験してしまったからだろう。

つまりは、今の我が家はそれだけ居心地がいいということだ。なんの気兼ねもなくいつでも素を晒していられる安心感は何物にも代えがたい癒やしである。

「じゃあ、少しは俺もやる気を出さないとな。ナオが惚れ直すくらいに」

とたん、尚人はボッと火がついたように耳の先まで真っ赤になった。

（くそ。めちゃくちゃ可愛い。可愛すぎてにやけ笑いが止まらなくなるだろ）

雅紀はいつでも平常運転であった。

（だからぁ、そういうのは二人っきりになってからやれよぉ。雅紀にーちゃん、露骨すぎてキモい。本音だだ漏れじゃん）

裕太は内心毒づきながら、豚肉の生姜焼きを頬張った。

引きこもりから脱却して積極的に（あくまでも裕太的に）外に出始めてからは、食欲も増した。それなりに体力も付いてきた。自転車で遠出をしても疲れなくなった。遅々としてではあるが、裕太もそれなりに変わりつつあった。

なのに。相変わらず、雅紀は裕太に対してまったく遠慮というものがない。

昔の雅紀は誰に対しても優しくて、物腰は穏やかで、文武両道の優等生。篠宮家の長男はできすぎた期待の星、だった。

それが今では真逆の超リアリストである。裕太だって、雅紀のことをあれこれ言えた義理ではないが。

エゴ丸出しで。………無駄を嫌う。

独占欲の権化で。………たった一人にしか興味がない。

その上、ものすごく嫉妬深い。………呆れるほどに。

（雅紀にーちゃん、ツンデレじゃなくてヤンデレだし）

きっぱりと断言できた。

関心のベクトルが尚人にしか向かないのだ。誰にでも平等に優しいということは他人に対してまったく興味がないのと同じなのだと、今更ながらに思い知った。

雅紀が知れば。『それっておまえのことか？』ばりの冷たい視線が返ってくるのは間違いないだろう。

今では納得している。文句を言うだけ無駄だから……ではなく、噛みついても冷たく無視されなくなったから。だから、本当に言いたいことは我慢せずに本音で語ることにした。そんなことは、本当の意味での対等でも何でもないが。

そういう日常に慣れてきたことは否定しない。

兄二人のインモラルな関係が是か非かという段階はとっくに過ぎてしまったので。すべてを曝け出してオープンにしてしまった以上、雅紀にタブーなどないに等しい。それを嫌というほど実感させられてしまったら、裕太も図太く開き直るしかない。

だが、食事中にいきなりぶっ込んでくるなッ！　とは言いたい。心臓に悪いから。

（でも、まぁ、ナオちゃんが幸せそうだからいいけど）

とどのつまり、裕太の想いもそこに落ち着くのだった。

§§§§§　§§§§§　§§§§§　§§§§§

皆が待ちに待った、その日。

都内、天空アリーナでは『ファンが選ぶ、○○さんにリアルでコスプレしてもらいたいゲーム・キャラ選手権』（通称『リアルでコスプレ・ランキング』）の十傑発表会が開催された。

開演時間は午後三時だというのに、午前中から人が出て、アリーナの正面ゲートから壁沿いに待ちきれないファンの長い行列ができていた。

今回の入場方法は電子チケットオンリーである。ネットから申し込みをして抽選で当落が決定する。

受付期間はランキングの中間発表から三週間。当落発表は六月。当選者は二週間以内にチケット料金をカード決済し、ランキングの最終結果が発表された日にスマホに電子チケットが届くという流れだった。

その際、顔写真の登録も必要になる。

そういう手間暇をかけて超倍率を運良くクリアできた者だけが電子チケットをゲットできる

のである。

そんなプレミアムなチケットが入ったスマホを持って、尚人はアリーナにやって来た。

実のところ、尚人は雅紀のキャラ・コスプレには大いに興味はあったが、その雄姿をどうしてもナマで拝みたいというわけではなかった。

ゲームはやったことがないので十傑に選ばれたのがどのゲームの何キャラかもわからないし、そのイメージ・キャラに選ばれた者にも取り立てて関心がなかった。

要するに、興味があるのは雅紀の『ヴァルディアス』だけだった。

これだけ話題になっているのだから、雅紀の雄姿はナマでなくてもテレビのニュースかネットで見られるだろうと思っていた。

『ミズガルズ』の突発ライブに招待されたときはどうしても彼らの歌をナマで聴きたかったので、張り切って出かけていった。リアルに体験したかった。ライブという空気感を。なんといっても、雅紀との公認デートみたいなものだったし。だが、コスプレ・イベントはそこまでではなかった。

ちなみに山下(やました)はネット抽選に応募して落選し、傍(はた)から見ても意気消沈だった。とてもじゃないが、プレミアムなチケットを運良くゲットできたとは言い出せなかった。

その尚人がどうして電子チケットをゲットできたのかというと、ある日、加々美(かがみ)から電話がかかってきたのだ。

『尚人君、八月に天空アリーナでやる「コスプレ・ランキング」のお披露目会、興味ある？』

どうしてそんなことを聞かれるのかはわからなかったが。

「あ……はい。まぁ、一応は」

ちょうどランキングの中間発表で雅紀がぶっちぎりだったこともあって、このまま行けばアリーナでお披露目かと思ったら口元がニマニマしてしまったのである。

『じゃあ、ついでに申し込んでおくから』

は？

え………？

なんの、ついで？

『ま、当たるかどうかは運次第だけど』

「何が、ですか？」

『だから、お披露目会のチケット。当たるように祈ってて』

あ………そういうこと？

でも、なんで？

加々美からの電話が切れてもしばし呆けたままだった。どうして加々美が自分を誘うのか、いまいちよくわからなくて。

それから、なんの連絡もなかった。

噂によると抽選倍率は宝くじ並みだと聞いていたので、きっと落選したのだろうと思っていた。

そしたら、メールが来た。

【尚人君、強運。アリーナの当選くじ引き当てちゃったよ。手続きはこっちでまとめてやっておくから、尚人君はスマホで楽々チケットにアクセスしてアプリをダウンロードしておいてね？　それじゃ、また】

………ウソ。

マジで？

当選しちゃった？

ビックリ…………。

とりあえず、言われた通りに楽々チケットのアプリをダウンロードした。

え？　ダウンロードしただけじゃダメ？

は？　登録に必要な必須事項？

電子チケットを受け取る前にいろいろやらなければならないことがあるのも初めて知った。

（スマホって便利な機能がいっぱいあっても、それなりに使いこなせなきゃ意味がないってこ

とだよな）

まだまだスマホ初心者の尚人であった。

【こんにちは。メールありがとうございます。まさか、本当に当選するなんて思ってもいなかったのでビックリしました。ちょっとまごついたけどアプリもダウンロードして登録することもできました。このあとはどうすればいいんでしょう？】

【八月になったら一斉にチケットが送付されることになっているみたいだから、そのまま待っててくれる？　また連絡するので】

【はい、よろしくお願いします】

準備完了だと思っていたら、まだ先があるらしい。

電子チケット自体がまだよくわからないが、とりあえず加々美からの連絡待ちだと思うとちょっとだけ安心した。

そして、後日。

【尚人君、お待たせ！　下のここから行ってチケットをゲットしてね。もしわからないことがあったらまた連絡して。それじゃあ、よろしく】

なんか、ドキドキした。

タップする指先が変にぎこちなかった。

それでも、無事にチケットをゲットできた。

ホッとして、思わずため息が出た。

たかがチケットで大袈裟(おおげさ)なとか言われそうだが、誰だって最初はホントにちゃんとできたかどうかわかるまでは不安にもなるだろう。

決して尚人がビビリなのではない。……………と思いたい。

【無事にゲットできました。いろいろありがとうございました。今からすっごく楽しみです】

最初はお披露目イベントにあまり関心はなかったが、こうやってスマホの中にチケットが入っているかと思うと、なんだかじわじわと楽しみが込み上げてきた。

そのせいか、肝心なことを忘れているのに気付いたのは三日後だった。

（あれ？　チケット代ってどうなったんだろう）

迂闊(うかつ)にもほどがある。あれだけ競争倍率が高いイベントが無料のはずがない。

ダメだろ。ボケてる場合じゃない。

慌てて加々美にメールした。

【すみません、加々美さん。肝心なことを聞き忘れていました。チケット代ってどうやって払うんですか？】

【大丈夫。俺の分といっしょに払っておいたから。尚人君にはいろいろ無茶振りしちゃったから、これは奢(おご)らせてね？　遠慮はなしで。雅紀にはちゃんと許可を取っておいたから。よろしく！】

雅紀の名前を出されたら、何も言えない。ありがたく奢らせていただいた。

それよりも、加々美もチケットに当選していたことに驚いた。本当に今更だったが。


そして――今。

加々美とは事前に待ち合わせをしているわけではない。そこまで図々しくない。座席ナンバーが連番になっているらしいので、会場内に入れば会える。

会えるんだけど…………。

(いいのかな?)

だって、加々美である。

メンズ・モデル界の帝王様である。

ネット抽選だから座席は選べないらしいが、加々美みたいな有名人が一般席に座って本当に大丈夫なのだろうか。

座っているだけで派手に目立ちまくりだろう。本人は平気でも周囲がパニクってしまうのではないかと、いろいろ心配になってしまう尚人だった。

『ミズガルズ』の突発ライブに行ったときも、二十分の休憩時間になって場内が明るくなったとたん、雅紀（カリスマ・モデル）がいることに気付いた会場内がどよめいていた。

さすがに雅紀を指さす者はいなかったが、みんなして『えーッ』『ウソ』『マジで?』という顔つきだった。雅紀は平然としていたけれども。

あとで雅紀に聞いてみたら。

「ナオとデート中はナオのことしか眼中にないからな。周囲の雑音なんかまったく気にならない」

そんなふうに言われて、なんかもう恥ずかしいやら嬉しいやらで体温が急上昇してしまったのを覚えている。

モデルという職業柄、人の視線には慣れていてそれなりの耐性がついているからと言ってしまえばそれまでだが。雅紀と同じで、たぶん、加々美も派手に目立ちまくりでも平然としているような気がしないでもない。

正面ゲート前には壁際の行列とは別に黒山のような人だかりができていた。

(なんだろ、すごいな)

つい足を止めて凝視してしまった。

雅紀には。

「たぶん、当日はコンコースあたりは人で埋まってるだろうから、ふらふら余所見しながら歩いてちゃダメだからな」

きっちりと念を押された。

（まったく、もう。まーちゃん、心配しすぎ）

などと思っていたが。眼前の半端ない密集度を見ると、さすがに気を引き締めようという気になった。

それでも、妙に気になって。

いったい、あの人だかりの先に何があるのだろうかと。

興味を引かれて、ついつい足がそちらのほうへと流れていく。

すると。ぞろぞろと逆方向へと流れていく者たちとすれ違った。

「チケットは当たらなかったけど、やっぱり来てよかったよね」

「ホントだよぉ。十傑のゲーム・キャラ等身大パネルの展示とか、運営も気が利いてる」

「やっぱり、あれも一種のサプライズ？」

「落選した人たちへの残念賞かも」

「もう、スマホで撮りまくっちゃった」

「みんなバンバンつぶやいてたし。やっぱ、ファンサイトの情報網って侮れないよねぇ」

チケットがないのにわざわざアリーナに来ている者たちがいることに驚いた。

「すげー迫力だったな」

「等身大パネル、ハンパねー」

「やばいだろ」

「やっぱ、ヴァルディアスだよな」

「くっそー、生で見たかったよなぁ」

「俺はイルミナ推しだぜ。あのエロさ、たまんねー」

「ツーショットで撮りたかった」

「ムリムリ。あの人混みじゃ」

「規制線の中に入らないように警備員が目を光らせてたしな」

どうやら、あの黒山の向こうには神絵師が描いた十傑キャラの等身大パネルが展示されているらしい。それを見る、あるいは写真を撮るための密集なのだと知って二度驚いた。

(そっか、そういう楽しみ方もあるのか)

残念ながら、あの人だかりに突入してまで等身大パネルを見る根性はない尚人であった。

§§§§　§§§§　§§§§　§§§§

電子チケット入場という初めてのドキドキ感をクリアして会場内に入ると、まず目についたのが正面の巨大スクリーンだった。

そこに映し出されているのは十傑のキャラクターだった。

あくまでランダムに、ランキング順位、ゲーム名とキャラクター紹介がスポット広告のように次々と映し出されていく。来場者向けのサービスだろうが、それだけでもゲーム会社にとってはすごい宣伝になるのは間違いない。

ゲームファンならば知っていても当然なのかもしれないが、尚人みたいな初心者にとっては思わず目が釘付けになってしまうほどのインパクトだった。

十傑の名前とキャラクターの顔を知ることができて、楽しみが増した。


第七位、大竜戦記――魔道士『ジェンマ』。竜人、赤髪金眼。

第二位、異界の魔女――妖姫『イルミナ』。妖孤族、黒髪青眼。

第六位、天上の城――聖女『アルテア』。ハーフエルフ、金髪緑眼。

第一位、死神シリーズ――魔将『ヴァルディアス』。半神、銀髪赤眼。

第四位、結晶の森――精霊王『エル＝ファーン』。エイシェント・エルフ、金髪金眼。

第九位、デビルズ・ナイト――魔人『イシュタル』。ハイ・デーモン、赤銅髪黒眼。

第八位、英雄物語――黒騎士『ジャッカルロ』。人族、黒髪黒眼。

第三位、エルドラード――猛将『バロス』。狼獣人、灰髪灰眼。

第十位、時空の迷宮――ゲート・キーパー『ギルモア』。魔族、緑髪赤眼。

第五位、ハイランダー――殲滅者『グリエラ＝ラモス』。凶天使、白髪蒼眼。

何がすごいって、キャラクターの美形度が半端なくて。衣装も豪華絢爛である。衣装というパーツの下には『服を脱いだらすごいんです』的な肉体美が隠されているのだろう。

（でも、あの衣装を実際に再現するのは大変そうだよな）

素人の尚人でもそう思う。

まさに、プロの腕の見せどころだろう。

とりあえず席に座って、じっくりとスクリーンを見る。十傑の名前と顔くらいは把握しておかないと楽しみ方も半減してしまいそうな気がして。

雅紀の『ヴァルディアス』だけは特別でしっかりと覚えている。

次に目についたのは、ステージの中央部から客席に伸びた張り出し。歌舞伎でいうところの花道、ファッションショーでいえばまるでランウェイみたいだった。

ちなみに、尚人の席は二階右寄りの最前列だった。目の前に障害物が何もないのでとても見やすい。しかも、出入り口から近い。

加々美が『二階席だけどすごくいい席に当たって超ラッキー』と言っていた意味がよくわかった。

（あ、これなら加々美さんもじろじろ見られなくていいのかも）

そういうわけで、会場に入ってからはまったく退屈しなかった。

巨大スクリーンではキャラクター映像が流れているし、場内からはゲーム音楽が聞こえてくる。周囲の声を拾ってみると、どうやら十傑キャラのテーマ曲であるらしい。

（へぇー、そんなものがあるんだ？）

さすが、十傑に選ばれるだけの人気キャラである。

今、場内で流れているのがどのキャラのテーマ曲なのか、周囲の声が教えてくれる。それぞれの推しがあるようだ。エンドレスで流れてくるので、尚人も好みの曲になると思わず耳を傾けてしまう。

尚人が気になったのは『エル＝ファーン』と『ヴァルディアス』のテーマだった。

精霊王『エル＝ファーン』の曲は森の風景が浮かんだ。

精霊が棲む緑豊かな恵みの森。ファンタジー系だろうから、もしかしたら世界樹みたいな巨大な樹があるのかもしれない。あくまでも、ゲーム内容を知らない尚人の勝手なイメージだが。優しい音色と風に乗ってどこまでも広がっていくような旋律に癒やされるような気がした。

一方。魔将『ヴァルディアス』は腹の底に響くような重低音がド迫力だった。会場の広さとスピーカーのコラボのせいだろうか。まるで、荒々しい戦闘シーンのど真ん中にいるようで。しかも、ところどころでラテン語のような合唱まで入っている。

目をつぶって聴いていると、なんだかもう『ヴァルディアス』のコスプレをした雅紀が長剣を振りかざして縦横無尽に戦っている様が思い浮かんでしまった。

(あー、ダメだ。始まる前から毒されちゃってるよ)

内心、苦笑いの尚人だった。

§§§§§　§§§§§　§§§§§　§§§§§

その頃。

加々美は一階席の中央部にいた。

いわゆるＶＩＰ席である。

今日の加々美はあくまでもプライベートの一般入場だからＶＩＰ席には近づかないつもりだったのだが、運悪く顔見知りと鉢合わせをしてしまった。さすがに無視するわけにもいかなくて、とりあえずＶＩＰ席まで挨拶に行った。そこで顔見知りの輪が広がって定番の名刺交換が始まり、抜け出せなくなった。

通常であれば、新規で『要アポイント』級のお偉方と運良く顔繋ぎができたことを喜ぶべきなのかもしれないが、できれば、そのあたりのことはまだ顔を見せていない高倉とバトンタッチをしたい加々美であった。

　一般席はネット抽選だが、協賛各社にはそれぞれ二枚の招待枠が設けられている。そこだけスーツ姿の一団が密集しているので誰の目にもＶＩＰ席だとすぐにわかった。

　ＶＩＰ待遇なので入場ゲートも違う。もちろん電子チケットなどではない。待機しているスタッフに招待状を見せて事前申告しておいた会社名と名前を告げるだけでいい。

『アズラエル』の二枚枠は高倉とクリスで埋まった。

　こういうイベントがあるということをネットで知ったクリスが、加々美に電話をして詳細を聞くや、どうにかチケットを取れないかとゴネまくった。結果、クリスの『アズラエル』枠での入場が決まった。

〔そういうイベントがあるなら、もっと早く教えてくれてもいいだろ〕
　オンラインのパソコン画面越しにクリスが言った。
〔なんで?〕
〔彼が出るんだろ?〕
〔たぶん。今のところぶっちぎりのトップだからな。大番狂わせでもない限り、このまま独走

だろ〕
〔僕もナマで見てみたい〕
〔ただのコスプレだぞ〕
〔日本中のゲームファンを熱狂させるイベントがただのコスプレ・ショーなわけないだろ〕
さすがに鋭い。
〔まぁ、日本のコスプレ文化は群を抜いているからな。注目の的であることは否定しない〕
業界のプロフェッショナルがプロの意地とプライドをかけてゲーム・キャラのコスチュームを制作するのだ。そりゃあ、クリスのクリエーターとしての興味は爆上がりだろう。
〔本業のステージとは違ったパフォーマンスを見られるってことだよね〕
〔……………そうだな〕
〔カガミ。君、どうしてそんなにテンションが低いのかな〕
それは、朝っぱらから高倉に呼び出されてクレーマーもどきの相手をさせられているからだ
――とは言えない加々美であった。

天空アリーナには本来ならば高倉と副社長の長谷川（はせがわ）とで行くはずだったのだが、クリスの件が長谷川の耳に入り、結果として長谷川が譲ることになった。

高倉としては自分が辞退するつもりだったが、長谷川に言われた。クリスが行くのならば挨拶程度の面識しかない自分よりも何かと関わりが深い高倉のほうが適任だろうと。つまりは、高倉にクリスの接待を丸投げしたのだ。

高倉は高倉で、加々美にクリスの世話役を押しつけ……頼もうとしたのだが。

「悪い。俺、その日は尚人君とデートだから無理」

加々美はさっくりと拒否した。

「デート？　どこに？」

「だから、天空アリーナ。ネット抽選で尚人君と俺の分の二席をゲットした」

そのときの高倉の顔こそ見物だった。素で呆れ返ったように双眸を見開いて、言った。

「一般席に座るのか、おまえが？」

寝言は寝て言え、的な口調だった。

「そうだけど」

「尚人君と？」

念押しをされて。

「すげー楽しみ」

加々美はニヤリと笑った。

高倉は深々とため息をついた。

「勘ぐりすぎだろ。俺は純粋に楽しみたいだけだって、コスプレ大会を」

「どういう魂胆？」

嘘ではない。雅紀のコスプレを見て尚人がどういう反応をするのか……楽しみなだけ。

せっかくのお楽しみをクリス番などで潰したくない。そこは譲れない加々美であった。運悪く抽選に外れたときは堅苦しいＶＩＰ席でもいいかなとは思ったが、イベントの神様は加々美を見捨てなかった。

トップを爆走中なのにゲームにはまったく関心がなく『何がどうすごいのか、俺的にはいまいちよくわかりません』発言をした雅紀のことだから、最終結果がダントツの一位であってもいつもの仕事の一部でしかないのに違いない。そんな雅紀が『ヴァルディアス』をどんなふうに演じるのか、興味は尽きない。

記者会見の席でも、いつものポーカーフェイスで淡々と語っていた。他のコスプレ十傑に選ばれた連中が満面の笑みでお披露目会に向けての抱負を語っていたのとはずいぶん対照的だった。

加々美は『相変わらずだな』と思っただけだが、マスコミ的には雅紀のサービス精神のなさが物足りないようだった。どこまで突っ込んでも雅紀の表情が崩れることはなかったからだ。

ネット上でも賛否両論だった。

『せっかく自分たちが選んでやったのに』派は、もっと素直に喜べよ——と不満げで。『どんなときでも「MASAKI」は「MASAKI」』派は、ぶっちぎりトップ当選でもマスコミに媚びない『MASAKI』はやっぱりカッコいい――と絶賛の嵐だった。

加々美としては、そういうもろもろの前評判をお披露目会で一気に塗り潰してくれるのではないかと、実は密かに期待しているのだった。

開演間近になって高倉と連れ立って会場にやって来たクリスは、そこに加々美がいることに少しだけ怪訝な顔をした。

今回、無理を言ってチケットを譲ってもらったわけだが、連れが加々美ではなく高倉だと知って、もしかしたら加々美の分を分捕ってしまったのではないかとちょっぴり申し訳なく思った。

すると、高倉はそういう気遣いは無用だと言ってくれた。それが本音なのかただの建て前なのか高倉の表情からは読み取ることはできなかったが、今日、この会場に加々美はいないと思い込んでいたのだった。

なのに、加々美はVIP席に座っている者たちと気さくに話し込んでいた。

スーツ軍団の中に一人だけカジュアルな格好をした加々美が浮いている。よくも悪くも目立ちまくりだった。

ちなみに、高倉は定番のオーダーメードのサマースーツで、クリスはクラシカルバージョンの『ヴァンス』ブランドできっちり決めている。

公式の場ではクリスが『ヴァンス』の歩く広告塔である。それもこれも、モデル顔負けの華があるクリスならではだろう。

そのクリスに『どういうこと？』的な目で問われて。

〔今回、加々美は別枠なので〕

高倉はさっくりと答えた。

どういう別枠なのだろうとクリスが小首をかしげていると、二人に気付いた加々美が話を終えて歩み寄ってきた。

〔よぉ。念願叶ってのアリーナは、どんな感じ？〕

ざっくばらんに口の端で加々美が笑う。

〔こんな大がかりなイベントだとは思わなかったんで、ちょっとビックリ〕

さすがに、大物アーティストがライブをやる規模だとは思わなかったが。逆に運営サイドの本気度が窺えたような気がした。

〔ビックリ、ドッキリ、感動………てのが、このイベントのコンセプトらしいぞ〕

イベントの協賛には『アズラエル』も名前を連ねているが、先ほど目にした光景――ＶＩＰ席での加々美があまりにも堂に入った貫禄ぶりだったので、実は加々美が裏で一枚噛んでいるのではないかと勘ぐってしまいそうになった。

〔……なるほど。なかなか凝ってるね〕

〔まぁ、じっくり楽しんでもらえればいいんじゃないか？〕

〔もちろん、そのつもりだけど〕

〔じゃあ、な〕

あっさりと加々美が背を向ける。

その背を見送って、クリスは高倉ともども席に着いた。

〔タカクラ。カガミは別枠って言ったけど、いったいどこに行くんだ？〕

別枠といっても、加々美は当然ＶＩＰ席に座るものだとばかり思っていた。なのに、サクサクと出口のほうへ向かっていったのがなんとも解せない。

〔たぶん………あのあたり〕

高倉は顔ごと振り返って二階席を指さした。

〔はぁ？　マジで？〕

思わず素で問い返すクリスだった。

〔あそこ、一般席だよね？〕

そんなところに超有名人の加々美が座るのか？

………あり得ないだろ。

周囲の視線が露骨に加々美を追いかけてざわついている。

――え？

――ウソ。

――マジ？

――なんで？

――どうして？

驚きと困惑で固まっている。きっと、皆もクリスと同じことを思っていたに違いない。いったい加々美はどこに行くのだろうかと。

〔今日の加々美はあくまでプライベート・モードだから〕

相変わらずのポーカーフェイスで高倉が返す。

仕事ではなくプライベート。

それはわかるが、それにしたって大胆すぎるだろうと思うクリスだった。

§§§§§　　§§§§§　　§§§§§　　§§§§§

開演十分前を知らせるアナウンスが始まると、ざわついた場内が更にざわめいた。

ロビーでスマホをいじっていた者やドリンクコーナーにいた者たちが続々とやって来て、空席になっていた席も次々に埋まっていった。


開演ブザーが鳴る。

とたん、あれほどざわついていた場内が一瞬にして静まり返った。

待ちに待った瞬間。

誰もが期待に目を輝かせていた。


オープニングの音楽が高らかに鳴り響く。

拍手と歓声でアリーナが揺れた。

「さぁ、皆さん。お待ちかねの十傑お披露目会の始まりだ――――ッ！」

男性MCのかけ声で場内は早くもヒートアップぎみだ。

「燃えているのはゲームファンだけじゃない。リアル推しのファンも期待に胸を昂ぶらせているのは間違いなし。さぁさぁさぁ、そんな気持ちを拳(こぶし)に込めて、アー・ユー・レディー？」

テンションを上げたMCに用意はいいかと問われて、笑い声混じりのざわめきが走った。

「いいねいいね。じゃあ、いくぞ！」

次の瞬間。

皆が拳を衝き上げて会場が喚声に揺れた。

それが始まりの合図になって、レーザー光線が飛び交い、第十位のキャラのテーマ曲が大音量で流れ、巨大スクリーンには元ネタのゲームの戦闘シーンが大迫力の動画で映し出された。ゲーム会社のアピールとしてはここが勝負どころと言わんばかりに。

テレビ画面とは違う大迫力に会場がどよめいた。

それとともにMCがゲーム内容を簡潔に説明する。元ネタのゲームを知らない者たちにもわかりやすく。

それが一種の様式美となって、第十位から順に呼ばれてコスプレーヤーが入場ゲートから登場した。そのたびに割れんばかりの拍手と歓声に包まれて。

コスプレーヤーは本当にさまざまだった。男優、シンガー、格闘家、ダンサー、モデル、女優、アメリカン・フットボーラー。一人一人がステージに登場して巨大スクリーンに映し出されると、推し組と思われる歓声がひときわ大きくなった。

衣装、髪型、メイク、コスプレーヤーの成りきり度もあって場内はもう興奮状態である。

MCがそれぞれのゲーム内でのポジションや特性、決め台詞や実装武器などを紹介して、更に盛り上げる。

そして、最後の最後――大トリの名前が呼ばれた。

「リアルでコスプレ・ランキング、ぶっちぎりの第一位――ッ！　魔将『ヴァルディアス』～～ッ！　コスプレーヤーはモデルの『ＭＡＳＡＫＩ』さんですッ！」

とたん、待ってましたとばかりに歓声と嬌声が渦を巻いてうねった。

重低音で始まるテーマ曲が鳴り響き、スモークの奥からことさらゆったりとした足取りで足首までの黒のロングコートを羽織った『ＭＡＳＡＫＩ』が現れると、渦を巻いていたざわめきがピタリと止まった。まるで『ＭＡＳＡＫＩ』が放つ漆黒のオーラに場内すべての者が呑まれてしまったかのように。

魔将『ヴァルディアス』降臨‼！

スポットライトを浴びたまま『ＭＡＳＡＫＩ』がステージ中央で足を止め、『者ども平伏せよッ』とばかりに場内を睥睨すると、静止していた時間が一気に弾けた。悲鳴じみた嬌声と歓声とともに。

そのとき、尚人は。

どよめく歓声が場内を揺るがすのを目の当たりにした。

マジで、すごい。

ホントに、スゴいッ。

言葉にならないくらいに、凄いッ！

雅紀であって『MASAKI』ではない。ゲームのキャラクターなのに、ただのキャラじゃない。CGとは違う生々しさがある。美麗なイラストに魂がこもって受肉し、現実世界に降臨したかのようだった。

（まーちゃん、スゴすぎるぅ〜〜ッ）

両の拳を握りしめて、食い入るように雅紀を凝視した。その雄姿をしっかり両目に焼き付けるかのように。

胸がドキドキするのを通り越して、心臓がバクバクした。

視界が熱かった。

腹の底から滾るモノが込み上げてきて、胸が灼けた。

あまりにも雅紀がゴージャスすぎて、存在感がスゴすぎて、頭の芯がスパークしてしまいそうだった。

その瞬間、加々美は。

思わず目を瞠(みは)り。

束(つか)の間(ま)、息を止めて。

巨大スクリーンに映し出された『ヴァルディアス』を熱視した。

（まさにッ！　…ってやつ？）

ホントに。

もう……。

やっちゃってくれやがったぜ。それしか言えない。

ふと左隣の尚人に目をやると、雅紀の放つ『ヴァルディアス』オーラに当てられたように見事に固まっていた。

大きく見開かれた双眸(そうぼう)は瞬(まばた)きをすることすら忘れてしまったかのようにピクリともしないけれども、その目はきっと爛々(らんらん)と輝いているのだろう。雅紀に魅せられて。

（雅紀の奴(やつ)、マジでめちゃくちゃカッコいいな）

『ＭＡＳＡＫＩ』が『ヴァルディアス』を演じているというよりは、リアルに一体化してその境目がなくなってしまったかのようだった。

明日のワイドショーの見出しは『天空アリーナにヴァルディアス降臨！』で決まりだろう。

それを思うと、含み笑いが止まらない加々美であった。

そのとき、高倉は。

耳をつんざくような歓声の中、深々とため息をもらした。

なんだか。

もう……。

声も出ない。

(存在感だけで会場を一呑みって、どうなんだ?)

ほかのコスプレーヤーが登場したときには、ゲーム・キャラのコスプレ感が抜け切れていなかった。

どれだけそっくりに似せても、コスプレはやはりコスプレだった。

成りきったつもりで、どこかテレがあったり、ブレがあったり、ふとした拍子に素が出たりで、キャラクターの世界を体現するのは至難の業のように思えた。

けれども『ヴァルディアス』は違った。

あれは『MASAKI』ではなく、ゲートから出てきた瞬間、まさに『ヴァルディアス』そのものだった。

醸し出すオーラがすごかった。

……本当に。

ちょっと、本音で鳥肌が立った。

……魅了された。

（魔将じゃなくて魔性だろ）

『ヴァルディアス』の設定とあのコスチュームで『ＭＡＳＡＫＩ』に魔性が憑依した。そんな感じすらした。

さすが『ＭＡＳＡＫＩ』。それ以外の言葉が見当たらない高倉だった。


その瞬間、クリスは。

歓声に嬌声が混じり合って会場が大きく揺れたような錯覚に陥った。

ちょっと。

……これは。

予測外。

いや、想定外の衝撃だった。

思わず声を呑んで。

双眸を見開いて。

頭の芯まで痺れた。

（これって、やっぱり反則だろ）

まさか、ここまでとは思わなかった。

日本のコスプレ文化には一目置いていたが、コスプレはあくまでコスプレだと思っていた。

コスプレーヤーがどこの誰であろうと、クリス的に真っ先に目がいくのはコスチュームだった。ゲーム上ではコスチュームはキャラクターを引き立てるためのアイテムにすぎない。

しかし、コスプレはゲームから派生したファッション文化になった。

できれば、コスプレーヤーよりもじっくりコスチュームが見たい。見て、触って、確かめたい。どんな生地を使って、どんな縫製で、どんなプリントがしてあるのか。あれって本物の刺繍（ししゅう）なのか？　飾りボタンは何を使っているのか。………興味は尽きない。

できるのならば、トルソーに着せた十傑のコスチュームを全部写真に撮って帰りたい。

そう思っていたわけだが。『ＭＡＳＡＫＩ』が登場したとたん、コスチュームよりも『ヴァルディアス』というキャラの世界観に引き込まれてしまった。

『ＭＡＳＡＫＩ』に『ヴァルディアス』が憑依したかのような存在感に圧倒された。

あの、いかにもラスボス的な黒ずくめのコスチュームに『ＭＡＳＡＫＩ』の存在感が負けてない。いや、あれも相乗効果の為（な）せる業だったりするのだろう。

（はぁぁ………。ナマで見られてよかった）

押して押してしつこく押して、招待券をもぎ取った甲斐（かい）があった。

この会場の空気感を肌で感じることができて、本当にラッキーだと思わずにはいられないクリスだった。

§§§§§　§§§§§　§§§§§　§§§§§

盛りに盛り上がって熱狂と感動の渦に呑み込まれたイベントが終わっても、尚人はまだ身体にこもった熱が冷めなかった。

なんだか、いつまでも頭の中がフワフワしているようで。

加々美に誘われて中華レストランの個室に入って席に着いたら、ようやく気分が落ち着いてきた。

「いやぁ、すごかったな、今日の雅紀は。神がかってたって感じ」

「……………ですよね。ホント、俺、なんだか鳥肌でした」

衝撃的な感動で。

「ほかのコスプレーヤーの方々も成りきり度がすごかったです」

「そうだね。『イルミナ』が出てきたときなんか、みんな食いつき方が違ったもんなぁ」

セクシーというよりはマジでエロかった。

……ヤバかった。

「唸ってましたね」

思わず声をひそめると。

「思わず声が口から出ちゃったんだよ、男どもは」

加々美が口の端で笑った。

「狼獣人の人は、ちゃんと尻尾も付いてました。なんかふさふさで。触ったら気持ちよさそうな感じだけど、モフモフってイメージよりもやっぱり戦士でしたね」

「猛将だからねぇ。誰もモフったりできないと思うよ？」

その言い方がおかしくて、尚人は思わずプッと噴いてしまった。

「加々美さんが十傑のコスプレをするなら、どのキャラがいいですか？」

「強いて上げれば……精霊王？」

「えー、意外です」

「そう。だから、やるんだったら、そういう絶対にないだろうっていうキャラ萌えもありかなって思うんだけど」

「俺がリクエストするなら、魔道士系がいいな。加々美さん、絶対似合いそう。でもって、不敵に笑ってゴージャスな必殺技を繰り出すんです」

とたん、加々美が声を上げて笑った。

「あ……すみません。あくまで俺の妄想ってことでお願いします」

ひとしきり肩で笑って、加々美がグラスビールに口をつけた。

「尚人君の妄想の中だと、そういう感じなんだ？」

「なんか『ヴァルディアス』のインパクトが強すぎて、けっこう毒されちゃってます」

「まぁ、今日はみんなそんな感じかもね」

強烈すぎた熱狂の余韻(よいん)はなかなか冷めないだろう。

とにもかくにも、第一部のお披露目は圧倒的だった。

第二部はコスチューム制作のメイキングと苦労話などがスクリーンで紹介されて、会場内は第一部とは違った雰囲気に包まれた。プロだからこそのこだわりというか、その技術の高さに皆が唸っていた。たぶん、クリスは前のめりだったのではないだろうか。

ローブやコートや上着を脱いだインナーがどんなふうになっているのか、コスプレーヤーが実際に着脱して見せたりと、本当に楽しめるプログラムになっていた。

そして、オーラスはコスプレーヤーがランウェイを歩いてのパフォーマンスを披露した。

それぞれが自慢の武器（もちろんレプリカ。ものすごく精巧な）を手にして大見得のポーズを切ったときにはヤンヤの喝采であった。

さすがに『エル＝ファーン』の日高(ひだか)マーシャと『ヴァルディアス』の雅紀は本職のモデルと

いうこともあって、ランウェイを歩く姿がそれはそれは堂に入っていた。

『イルミナ』の芳賀愛梨はドレスのスリットから覗く太股が見えそうで見えないという絶妙な悩殺ウォークで、男性客のなんとも言えないため息を誘った。妖艶な流し目付きで。

雅紀が長剣を片手に剣舞もどきに振り回してビシッとポーズを決めたときには皆が感嘆のため息をもらした。やはり剣道の下地があるからだろうか、付け焼き刃ではない格好良さであった。

このときほど、スマホで動画を撮りたかったと無念の歯がみをした者が続出したのは想像に難くない。もちろん、尚人もそのうちの一人であった。

「なんか、夢を見ているようでした」

一部が終わって、二十分の休憩時間になったとき、あまりにも真剣に見入って周囲と同じように力一杯の歓声を上げたからか、喉はカラカラでしばらく腰が立たなかった。そんな尚人の自己申告に、

(可愛すぎだろ、尚人君)

加々美は口元を綻ばせたわけだが。

「やっぱり、ナマの魅力ってすごいですよね」

「そうだね。あの空気感と一体感は経験してみないとわからないから」

「加々美さんにチケットを取ってもらって、ホントに大感謝です」

「じゃあ、次の機会があったら、また誘ってもいいかな？」

「はい。ぜひ、お願いします」

満面の笑みで応える尚人に。

（いやぁ、雅紀がヤキモチ焼きそうでちょっと怖いかも）

そうは思いつつ、尚人との次のデートが病みつきになってしまいそうな気がする加々美であった。

《＊＊＊　宴が終わった、そのあとに　＊＊＊》

大盛況のうちにコスプレ・イベントが終わった。

エンディングの幕が降りて控え室に戻ってくると、十傑のメンバーたちはようやくホッと人心地が付いた。

それぞれが各方面で活躍しているメンバーなのでそれなりにイベント慣れをしていたはずだが、やはり、本業とはまったく違うジャンルならではの緊張感があった。

なにしろ、リハーサルらしいリハーサルもなくぶっつけ本番の一発勝負のステージである。

コスプレを披露するだけとはいえどうにも気が抜けなかった。

決して、たかがコスプレ・イベントなどと侮(あなど)っていたわけではない。

ないのだが………。実際にステージに立ってみると否応なく熱狂の渦に巻き込まれて、思っていた以上の反響の大きさを身をもって実感させられてしまったというか、すっかりやられてしまった感が抜けなかった。

とりあえず衣装を脱いで私服に着替え、メイクを落とし、その流れで打ち上げということになった。もちろん運営サイドの仕切りで。日を改めるともなればメンバーのスケジュール調整が大変だからだ。

メンバーたちの本音としてはシャワーを浴びてすっきりしたいところだろうが、スケジュールは押している。打ち上げとはいえメインは十傑メンバーへの慰労なのだから、誰一人として欠けることは許されない。

そのまま、専用バスでホテルのパーティー会場に向かった。

打ち上げのパーティー会場はすっかり準備が整っていた。マスコミはシャットアウトでイベント関係者しかいないとなれば、場もそれなりに和んだ。

「皆さん、本日は本当にお疲れさまでした。ささやかではありますが打ち上げの宴を催したいと思います。それでは、皆さん、イベントの成功を祝って、乾杯ッ！」

運営委員長の音頭で乾杯が終わると、あとはもう無礼講だった。

パーティーは、立食のビュッフェ・スタイルである。談話をするもよし、空腹を満たすもよし、これを機に親睦（しんぼく）を深めるもよし。そうこうしているうちに、自然といくつかのグループに分かれてしまう。

十傑メンバーも例外ではなかった。

女性メンバーの周りはひときわ賑（にぎ）やかだった。打ち上げといってもパーティーには変わりないので、私服でもそれなりに気合いが入っていた。

このチャンスにお近づきになりたい者たちが競うように彼女たちを囲い込んでいた。話が弾んでいるかどうかは別にして。

ダンサーとビジュアル・バンドのボーカリストはにこやかに談笑し、アメリカン・フットボーラーとイケメン男優は本格的に食い気に走っている。

運営スタッフは各テーブルを回って慰労の挨拶に忙しそうだった。

雅紀（まさき）がいるテーブルには格闘家の坂崎和己（『ジャッカルロ』）と男優の来栖廉（『イシュタル』）が陣取っていた。傍（はた）から見れば、なかなかに濃いメンツである。

雅紀が誘ったわけではない。坂崎（さかざき）と来栖（くるす）がまるで示し合わせたように皿いっぱいに盛った料理を手にやってきたのだった。特に断る理由もなかったので、そのまま迎え入れた。

「改めて、お疲れさま」

年長者の坂崎がグラスを掲げた。プロフィールによれば、年齢は三十五歳。

「「お疲れさまでした」」

アイコンタクトも必要ないほどぴったりと、雅紀と来栖が唱和した。

「なんだかあっという間だったな」

イベントの余韻に浸るように、坂崎が言った。

鍛えられた筋肉質の見かけは強面（こわもて）だが、口調は極めて穏やかだった。そのギャップも魅力のひとつなのだろう。

「こういうイベントは初めての経験だったけど、なかなか面白かった」

それを否定する者はこの場にはいない。………たぶん。

「本業とは違う面白さ、ですよね？」

舞台やテレビでは癖の多い役柄を得意とする来栖は三十歳で意外と語り口は柔らかい。案外、こちらのほうが素に近いのかもしれない。

「純粋に楽しめたからね」

格闘家として真剣勝負が基本の坂崎が言うと、なんとも含蓄がありすぎた。

仕事には真摯に向き合う姿勢はほかのメンバーも同じだろうが、やはり、結果が勝ち負けで決まるアスリートの世界はそこらへんがシビアである。

「好きなことを仕事にすると逆にストレスになる。なんて、言われてますけど。坂崎さんの場合はどうです？」

「そこは『好きだから頑張れる』と言いたいね。来栖君はそうじゃないってこと？」

「いやいや、僕の場合は天職だと思ってますから」

「………だけど？　って続くのかな？」

坂崎が口の端で笑って混ぜ返す。

「ははは………。そうですね。趣味が仕事になってしまうと、それがルーチン化してマンネリになるっていうのはあるかもしれないです」

ルーチン化してマンネリになる。

なんだか、今の雅紀の状態を的確に言い表しているようでグサリと胸に突き刺さった。

「マンネリかぁ。俺たちにはない感覚かもな」

「そうなんですか？」

「そりぁ、格闘家がマンネリ化してたらマジで死活問題だろ」

「あ………ですね。失礼しました」

来栖はペコリと頭を下げた。

「まぁ、基本の型が身体に染みつくまで修練するっていう意味じゃ技のルーチン化だけど、あとは日々精進ってことだな」

「ルーチン化とマンネリ化も、立ち位置が違えば真逆の意味になるってことですかね」

しみじみと来栖が言った。

「あの、舞台じゃ『来栖七変化』とか言われてる演技派の来栖さんでもマンネリ化することってあるんですか？」

とたん、来栖が変に咳き込んだ。

「『MASAKI』君、それ、面と向かって言われると、マジで小っ恥ずかしいんだけど」

単なる照れ隠しではなさそうだった。

「………ですか。俺的には素朴な疑問だったもので」

　すると、今度は坂崎が喉で笑った。

「いやぁ、なかなか面白いね。初顔合わせは新鮮な驚きがあって」

　それは否定できない。こういう機会でもなければ、ざっくばらんに異種業界で活躍している人の貴重な意見は聞けないかもしれない。

「僕個人としては、役者はいつでもニュートラルっていうのが基本だと思ってるわけ」

　……なるほど。

（神山さんも同じようなこと言ってたよな）

　やはり、演技者というのは似るものらしい。

「そこのとこ、モデル業界はどうなの？」

「感性を磨くことを忘れてしまったらモデルとしては終わりかなと思ってます」

「それは役者も同じかなぁ」

「こっちの業界だと怪我が一番怖い。なんといっても身体が資本だからな」

「それって、アスリートの宿命みたいなもんですよね」

「だから、身体のケアは欠かせないルーチンだよ」

「そうですね」

「話は戻りますけど。コスプレして最初に写真撮影があったじゃないですか。僕はあれで一気にテンションが上がりました」

来栖のいう通り、雅紀も、自分以外のコスプレを見たのはあれが初めてだった。

時間と金をたっぷりかけました的な豪華絢爛なコスチュームを着込んだメンバーの雄姿はさすがに圧巻だった。テンションが上がったのは来栖だけではないだろう。

「壮観でしたね、十傑の集合写真は」

本音で思う。

「あれ、僕たちももらえるのかな」

「欲しいね、記念に」

「出演特典ってないのかな」

「まぁ、いろいろ使い道はありそうですが」

「ネットじゃ噂がすごいことになってるらしいけど」

「アリーナに来られなかった人たちの渇望論、ですか?」

今頃は会場に来ていた者たちがイベントの盛況ぶりをバンバンつぶやいてネットにアップしているだろう。チケットをゲットできなかった者たちの悔しさとある種の期待を煽るのは間違いない。

「みんなの成りきり度がすごかった」

「ある意味、変身願望の極致かもしれません」

「コスプレって初めてなんだけど、ちょっと、あの快感にハマりそうでヤバい」

来栖が冗談めかしに片頰で笑う。

「来栖君は舞台とかでそういう変身願望に慣れてるんじゃないのか?」

「舞台衣装とコスプレはまったく別物ですって」

来栖の言いたいことはよくわかる。

モデルがステージで披露する服をとっかえひっかえしても愛着は湧かないが、自分のためだけに誂(あつら)えられた衣装には特別な思いがこもる。それがゲーム・キャラに成りきるためのアイテムだったとしても。

「あれは完全オーダーメードですからね。ものすごく贅沢(ぜいたく)でゴージャスなコスプレだったんじゃないでしょうか」

普段の打ち上げと違って、雅紀も幾分饒舌(じょうぜつ)だった。やはり、身体のどこかに『ヴァルディアス』の余韻がくすぶっているのかもしれない。

「よくよく考えてみたら、金も時間も相当かかってる一点モノだよね? あの衣装、どうなるのかな」

「最終的にはどこかに展示されるんじゃないですか?」

さすがに、あのままお蔵入りはないだろう。期間限定にすれば、地方巡回展示とかもできそうだ。

あの衣装を見るだけでも一見の価値はあるだろう。プロの技術が結集した本当に素晴らしいコスチュームなので、この際、多くの人に見てもらえれば制作者サイドも本望だろう。

「あー、もしかして殿堂入り？」

「そういう話が出ているわけ？」

「噂だけはいろいろ飛び交ってますけど」

「君は、そういう噂には関心がないと思ってた」

なにげに率直な意見である。

「あー、僕も」

グラスをクイと呷（あお）って、来栖も同調した。

おそらく、世間的にはそれがカリスマ・モデル『ＭＡＳＡＫＩ』のイメージなのだ。

否定はしない。そのほうが都合がいいことが多いので。

「くだらない噂話や憶測には興味の欠片（かけら）もありませんが、このイベントに関しては一応当事者なので。まぁ、そんな感じです」

すでに動き出している企画もあるだろう。いろいろ噂が錯綜（さくそう）しているだけに、それがなんなのかはわからないが。

「まぁ、そうだろうな」

あの熱狂ぶりが一過性で終わるとは思えない。それは、もしかしたら、十傑メンバーの共通した認識なのかもしれない。

「振り回されない程度には、やっぱり気になるかな」

本音の在処はメンバーそれぞれだろうが。

「もしも、この先の展開があったとしたら『MASAKI』君的にはノリ気？」

ド直球である。

「スケジュールと企画内容次第ですかね」

ありきたりといえば、ありきたりだが。

コスチュームだけの展示会ならばメンバー全員が揃わなくてもいいだろうし、個々のコラボレーションはやれても、今日のこのメンバーを揃えてのイベントは最初で最後になるのではないかというのが雅紀の本音だった。

「そうだね。みんな本業が最優先だから」

「初体験のお祭り騒ぎだから純粋に楽しめたっていうのが一番だからな」

「本末転倒になったら笑えないって感じ。うん、ちゃんと気を引き締め直そう」

来栖があまりに真剣にそれを言うものだから。

「もしかして、来栖さん、明日のテレビ生出演とか決まってるんですか？」

つい突っ込んでみたくなった。

タイミング的にも、あり得ない話ではない。

「いや、僕はないけど。津田さんは今週末から始まる連ドラの番宣で顔出しが決まってるみたいだから、もしかしなくてもいろんなところで質問攻めにされちゃうかもね」

「それは朝イチから疲れそうだな」

「みんな生の情報に飢えてるんでしょうね、きっと」

「ネットでいくらつぶやいても、テレビでナマの『グリエラ=ラモス』が語るインパクトには敵(かな)わないと思うよ？　たとえコスプレはしてなくても」

「朝から生テレビなのに、津田君、大丈夫なのか？　飲み食いのピッチが速そうだけど」

坂崎の言葉に釣られて津田のいるテーブルに目をやると、なにやら話が盛り上がっているらしく、その合間にグラスビールをがぶ飲みしていた。

「あれあれ………」

「テーブルが満杯ですね」

「絡み酒じゃないようだし、楽しそうだからいいのかね」

無礼講だからか。このテーブルには三人以外いないからか。腹が満たされてそれなりにアルコールも入っているからか。坂崎も、来栖も、そして雅紀も、異種業界トークの垣根がけっこう低くなっていた。

§§§§§　§§§§§　§§§§§　§§§§§

尚人との食事を終えて最寄りの駅までタクシーで送ったあと、加々美はそのまま自宅マンションに向かった。

あれやこれやで刺激的な一日だった。文句なしに楽しかった。それもこれも尚人と一緒だったからだ。雅紀のコスプレで大いに盛り上がって、尚人とその刺激を共有することができた。VIP席にいたらこんなにも浮ついた気分にはならなかっただろう。

そして、ふと思い出したように上着のポケットからスマホを取り出した。イベントから引き続きずっとサイレントにしていたのだ。尚人との時間を誰にも邪魔されたくなくて。

着信通知が三件あった。高倉が一件、クリスが二件。

(やっぱりサイレントにしてて正解だったな)

マンションの自宅に着いてから解除した。とはいえ、自分から二人に折り返す気にはならなかった。なんの話か、聞かなくてもわかるような気がしたからだ。

そして、十分後。スマホのコール音が鳴った。

クリスだった。

(なんだよ、もう)

つい舌打ちしたくなった。せっかくのいい気分が台無しである。

「〈……はい〉」

『〈あー、やっと繋がった。今、どこ？〉』

「〈そういうおまえは、どこにいるんだ？〉」

『〈ホテルだけど〉』

「〈なら、さっさと寝たらどうだ。さすがに疲れただろ、アリーナの熱気に当てられて〉」

二階席の最前列にいた加々美から階下のＶＩＰ席がよく見えた。

第十位からカウントダウンで次々に登場するコスプレーヤーに会場内のボルテージもすごいことになっていた。ＭＣのノリのいい煽りもあって、皆、じっと座ってなんかいられない状態だった。拳を衝き上げるわ、歓声を張り上げるわで、興奮の坩堝だった。ハードロックのコンサート会場でも、ここまでではないだろうというくらいだった。

だというのに、ＶＩＰ席のお偉方はそんなノリにはまったくついて行けないようだった。

年甲斐もなく大声を張り上げてはっちゃけるのが恥ずかしいのか。それとも、身体の芯から焦がすような熱気にやられて腰が抜けたのか。とにかく、ＶＩＰ席のスーツ集団は高倉も含めて完全に周囲から浮きまくっていた。

加々美のモットーは『楽しむべきときには楽しまなきゃ損』だったりするわけで、尚人と同じようにきっちりノリまくった。

それがやりたくてわざわざ一般席を選んだわけではないが、結果的に、非常に有意義な一日になった。周りを気にせずに腹の底から声を出してはしゃいだのは、本当に何年ぶりだろう。

共感覚のすごさを実体験してしまった。

そんなＶＩＰ席でただ一人、拳を上げて身体を揺らしていたのがクリスだった。オペラグラスで確認したので間違いない。

加々美は思わずニンマリしてしまった。ちゃんとしっかり染まってるじゃないかと。

今日のアリーナはいい意味での無礼講だった。

声を張って。

身体を揺らして。

……………みんなと一体化する。

アリーナを揺るがすような熱狂が渦巻いてはいても、誰からも、どこからも文句は出ない。

そ、う、い、う、ノリが正義だったので。

『〔そう。それだよ、カガミ。あの熱狂ぶりをぜひとも語り合いたくて、食事に誘いたかったのに〕』

「〔は？　今日の俺は完全プライベートだぞ。そういうのは高倉とやればよかっただろ〕」

そのためのクリス番なのだから。

『〔タカクラとはそういうノリで話せないだろ〕』

　一瞬、言葉に詰まった。クリスの言うことにも一理あったので。

　高倉がクリスとノリノリで語り合う。

………………まったく想像できない。

　どんなときでも、誰が相手であっても、高倉は高倉だろう。………きっと。

『〔まぁ、タカクラの奢りで食事は美味しくいただいたけど。なんていうのか、僕としてはフラストレーションが溜まってるわけ〕』

　そんな欲求不満の捌け口にされてはたまらない。

　クリスの言いたいことなどわかりきっている。天空アリーナのチケットをねだった目的がはっきりしているからだ。

　ステージの雅紀は神がかっていた。コスプレの王道を超越していた。ファンのハートをがっちり鷲摑みにして放さなかった。

『すごかった』

『刺激的だった』

『感動ものだった』

　そんなありきたりの言葉でしか表現できないのが、なんだかもどかしいほどに。

　雅紀のことなら、先ほど尚人と語り尽くした。今更、上書きする気にもならない。

　オペラグラスでクリスがノリまくっていたのを見たときには、ニンマリだったが。時間をおいてこうやってクリスと話していると、なんだか気持ちがモヤった。

加々美は一般席で自分を解放できた。それは尚人と一緒に楽しみたいという目的があったからだが、逆に、クリスがＶＩＰ席で何の照れも衒いもなく、周囲の目を気にすることもなくごく自然体で楽しんでいたことに対して嫉妬めいた感情がなかったとも言えないことに気付いてしまったからだ。

なんで、今更？

どうして、そんな気分になってしまうのか。

（あー……めんどくせー）

まさか、自分がクリスに対してそんな気持ちを抱くことになるなんて思ってもみなかった。

ちょっと、マジで勘弁してもらいたい。

イベントが始まる前までは、加々美はクリスと対等だった。それなのに、今はモヤる。

雅紀にとってクリスは外圧だったが、なんだか、予想外のところでそのとばっちりが降りかかってきたような気がした。

うかうかしてはいられない。なぜか、そんな気持ちにさせられた。

『〔だから、ホテルのバーで一杯付き合ってもらえないかな〕』

「〔ムリ。俺、今日は全力投球でアリーナを満喫したから。そんな余力は残ってない〕」

加々美はきっぱり『ＮＯ』と言える男である。なんのメリットもないのに忖度はしない。いや、したくない。

『〔このままだと消化不良で眠れないって〕』

いいかげんクリスの愚痴（ぐち）に付き合うのも面倒くさくなって。

「〔シャワーでも浴びてすっきりしろ。じゃあ、な。おやすみ〕」

それだけ言って、強制的に会話を終了した。ついでにスマホをサイレントに戻して、加々美はバスルームに向かった。

《＊＊＊　『ヴァンス』からのオファー　＊＊＊》

九月初旬。

その日、雅紀が午後一の仕事終わりに『オフィス原嶋』に顔を出すと。『ヴァンス』から正式に仕事のオファーがきたことをマネージャーの市川から告げられた。

「雅紀君、来ました。来ましたよ。『ヴァンス』からのオファーが」

市川の声が弾んでいた。

一応、クリスとの非公式な顔合わせのことは市川には報告してあった。雅紀としてもさんざん迷ったが『オフレコ』という条件付きで。クリスの本気度がどの程度なのかわからないが、もしかして本当にそんな話が来たときのことを考えたら、前振りの緩衝材は必要かもしれないと思った。

市川には予測外というより衝撃的だったのか。

まさか、うちの事務所にもそんなビッグ・チャンスが…………。みたいなことをブツブツつぶやいていた。

「……そうですか」

「雅紀君、嬉しくないんですか？」

「いえ。フツーに嬉しいです」

その経緯を思い出すと、心中はちょっとだけ複雑だったが。

「ですよね。ビッグ・チャンスですから」

雅紀的には『ついに来たか』という感じだったが、事務所としてはまさに願ったり叶ったりの展開だった。

市川は狂喜乱舞する。

「雅紀君。ついに世界が君に追いついてきましたよ。いいですね、いいですよ。もう、ガンガン行きましょう」

なんだか市川のテンションがおかしい。

とりあえず、契約内容を確認してからにしてほしい雅紀であった。

もちろん、雅紀としてもレベルアップするチャンスだという思いは強かった。

迷いはない。

ためらう理由もない。

尚人が大きく羽ばたいて成長することを願っている。本音で。だったら自分も、今の境遇に甘んじてはいられないことをしっかりと自覚した。

§§§§　§§§§　§§§§　§§§§

九月の半ばになっても、相変わらず残暑が厳しい。

夜になっても気温が下がらない。熱帯夜続きである。夏休み中はゲリラ豪雨もあったが、このところは毎日が晴天。一点の曇りもない空の青さが目に沁みた。

ざーっとひと雨来れば大気中にこもった熱も散って少しは過ごしやすくなるのではないかという期待もできない日々だった。

加々美が自宅のマンションに戻って真っ先にすることといえば、エアコンをつけることだ。冷蔵庫から酔い覚ましのミネラルウォーターを飲んで一息入れる頃になると、室内もそれなりに涼しくなった。

……………ところで、スマホが鳴った。

クリスだった。

「〈はい、加々美〉」

『〈どうも。クリスだけど。コスプレ・イベントぶり。そちらはどう？〉』

クリスの物言いがだんだん遠慮がなくなってきた。

親密ぶりをアピールしているのか。それとも、ただおざなりになっているのか。

――どっちだ？

「〈毎日元気にやってるところ。そっちは？〉」

『〈次シーズンの準備に追われてる〉』

「〈本業が忙しいようで、何よりだ〉」

嫌味でも皮肉でもない。バリバリと仕事をこなすバイタリティーは尊敬に値する。デザイナーだけに集中していればいいわけではないだろう。オーナーとしての仕事も兼ねているクリスは本当に超多忙に違いない。

そのわりにはちょくちょく日本にやって来る。クリスにとってはそれがひとつの息抜きなのかもしれない。それだけ『ON』と『OFF』の使い分けが絶妙なのだろう。

「〈それで？〉」

『〈ちょっと報告をしておこうと思って〉』

「〈なんの？〉」

『〈オフィス・ハラシマと正式に契約した。先週ウチの者が行って無事完了したところ〉』

一拍おいて。

「〈それはおめでとう……といういうべき？〉」

『〔そこは、素直にありがとう……かな。半分以上はカガミのおかげだしね〕』

そこまで持ち上げられると、なにやら尻がこそばゆい。加々美はただの仲介役に過ぎないのだから。

（どっちかっていうと、クリスの不意打ち作戦勝ち？）

当時のことを思い出して、加々美は内心でひっそりとため息をもらす。

雅紀が完全に格負けしていた。

（まっ、しょうがない）

クリスはクリエーターであると同時にやり手のビジネスマンでもあるのだから、というべきだろう。ある意味、雅紀を手玉に取っていたのだから。

したたかで。

気骨があって。

――食えない。

引かれてもメゲずに押しまくる。口調は柔らかだが、ひるまない。話し方の巧みさで自分のペースに持ち込める押しの強さ。それがクリスの最大の強みだろう。

「〔じゃあ、次のシーズンの準備が終わったら、またこっちに来るってことか？〕」

『〔まぁ、僕が行ったほうがいろいろ都合がいいかなって感じ〕』

（それって、ついでに尚人君に粉かけようと思ってるってことなんじゃ？）

つい、勘ぐってしまいそうになる。

「〔尚人君は大学受験モードにきっちり入ってるから会えないと思うぞ?〕」

邪魔はするなよ?

雅紀の地雷を踏んだらヤバいぞ?

一応、釘を刺しておく。

おっとりした見かけに騙されがちだが尚人はメンタルが強い。大学受験は高校受験ほどプレッシャーはきつくないだろうが、やはり受験は生モノだから。横からあれこれちょっかいを出してほしくない。

……と。スマホの向こうでクリスがくすりと笑った気がした。

『〔それじゃあ、機会があったら、また〕』

「〔了解〕」

会話を終えると、知らず知らずにため息が出た。

(あいつから電話がかかってくると、やたら疲れる気がする)

ただの錯覚ではなく、だ。

仕事絡みの話がいつの間にかプライベートを侵食している。そういうケジメのなさは嫌いだったはずなのに……それを思って、加々美は今度は深々とため息をついた。

§§§§§　　§§§§§　　§§§§§　　§§§§§

九月末。

それはネットニュースから始まった。

来年の二月に『ヴァンス』が日本における旗艦店をオープンするという記事だった。

ファッション業界は色めき立った。いよいよ、本格的に『ヴァンス』の日本進出が始まったのだと。グローバルな視点から言えば、日本を起点にしたアジア圏を見据えてということなのだろう。

それ以上に業界を驚愕させたのは、旗艦店で流されるプロモーション・ビデオに『ＭＡＳＡＫＩ』を起用することが発表されたからである。

業界がどよめいた。………と言っても過言ではない。

店内用プロモーション・ビデオとはいえ、まさか『ヴァンス』と『ＭＡＳＡＫＩ』のコラボレーションが実現するとは誰も予想していなかった。

いったい、なぜ。

どういう経緯で、そういうことに？

提携先の『アズラエル』との関係に影響はないのか。

あえて『MASAKI』を起用する意味は？

——などなど。

カナダにある『ヴァンス』本社ビルには日本からの取材申し込みが殺到した。

マスコミのあまりの食いつきぶりのよさに、クリスは内心ニンマリだった。

（これも『MASAKI』効果ってやつ？　来年の旗艦店オープンに向けて話題性はバッチリだよな）

その件に関する限り『ヴァンス』の広報が特別にコメントを出すことはなかった。

そのとばっちりはすべて『オフィス原嶋』に集中した。

ひっきりなしにかかってくる電話で回線がパンク寸前。公式HPにも『今のところ「ヴァンス」側からの発表以外、何も進展はありません』と記載しているにもかかわらず、情報を求める書き込みが後を絶たない。

『ヴァンス』と『MASAKI』を取り巻く噂と憶測は派手に無責任に広がっていった。それも、いつものパターンと言ってしまえばそれまでだが。

必然的に雅紀にまとわりつくマスコミのしつこさも増した。それを完全無視する雅紀のポーカーフェイスも筋金入りだった。

§§§§§　§§§§§　§§§§§　§§§§§

モデル・エージェンシー『アズラエル』本社ビル。

統括マネージャーである高倉真理（たかくらまさみち）の執務室。

いつものようにセルフで淹（い）れたコーヒーを飲みながら、スタイリストいらずと言わしめるラフな装いで加々美は寛（くつろ）いでいた。

「おまえ、知ってたんだろ」

加々美の正面に座り、お気に入りの紅茶の茶葉をじっくり蒸らしている間が惜しいとでも言いたげに高倉が言った。

「まぁ、接待の一環として出た世間話の程度だけど」

お互い付き合いは長い。ツーと言えばカーで通じる仲である。肝心の主語が抜けていてもなんら問題はなかった。

「まさか、取り持ったりしてないよな？」

「あいつの押しの強さに辟易（へきえき）したことは否定しない」

高倉の眉尻がピクンと跳ねた。

アンドロイド並みと言われるポーカーフェイスが定番の高倉だが、加々美と向き合っているときには表情筋もそれなりに和らぐ。………いつもだったら。

だが、今日は違う。

なにより、加々美を凝視する眼差しが強すぎた。

高倉としては、どうしてもクリスにやられた感が抜けない。

クリスがユアン絡みで尚人に執着しているのは丸わかりだったが、まさか、モデルとしての『MASAKI』にも関心があるとは思わなかった。たまに雅紀の話が出ても、それは過保護な兄としての雅紀であってカリスマ・モデルの『MASAKI』ではなかった。これまで、クリスはいっさいそういった素振りすら見せなかった。

『アズラエル』が日本における専属モデル権を勝ち取ったことで、少々ガードが甘くなっていたのかもしれない。

まさに、油断大敵。それを実感しないではいられなかった。

そもそも、加々美にクリス番を振ったことが間違いだったのかもしれない。

魅力的な話術と仕事に対する情熱。豊富な人脈とそれに見合う行動力。加々美とクリスは似ているようで、違う。

加々美は人タラシで情が深い分きっちりと一線を引くタイプで、クリスは情があっても必要であればすっぱりドライに割り切れるタイプだった。仕事面ではいいコンビだが、プライベートな領分は重ならないと思っていた。尚人絡みでは特にそれが顕著だったので。

なのに、である。

それがいったい、いつの間に……。クリエーターとしてのクリスの審美眼を侮っていたのだと痛感した。

クリスがコスプレ・ランキングのイベント参加にあれほどのこだわりを見せたのも、今になって思えば納得できた。

尚人を懐柔するための手段として『MASAKI』に接近したのではないだろう。イベント当日の『MASAKI』を見る目が、真剣な顔つきがすべてを物語っているように思えた。

それゆえに、つい歯がみしたくなった。

やられた。

出し抜かれた。

後れを取った。

……………そういう気分で。

それに加々美が一枚嚙んでいるのではないかと思ったら、よけいに。

「…………で？」

「何が？」

「警戒心バリバリだった『MASAKI』がクリスの話に乗った理由」

今更だが、知りたい。クリスに警戒心MAXだった雅紀がどうして方向転換をしたのか。いったいどんな理由で雅紀がクリスのオファーを受け入れたのかを。

「なんで、俺がそれを知ってると思うんだ？」

「おまえと『MASAKI』はツーカーだろ」

「仕事とプライベートは別口だから。ていうか、それなりに愚痴はこぼしても基本あいつの口は硬いぞ？　自社の仕事のあれこれをペラペラしゃべるわけないだろうが」

あのとき雅紀が『保留』したその後がどうなっているのか、知らない。聞いてもいない。

加々美はただの置物だったからだ。

雅紀なりに、いろいろ葛藤（かっとう）はあっただろうことは想像に難くない。これまでの経緯が経緯だったから。それでも、仕事としてみればビッグ・チャンスには違いない。

あの会食はあくまでプライベートな顔合わせに過ぎない。事務所を通してオファーする前にクリスなりの仁義を切ったと言えなくもない。

なるべく穏便に。

誠意を見せて。

要望を伝える。

クリスとしては『保留』という言質（げんち）が取れただけでも会食の意味はあったはずだ。

そのあとのことにはいっさい関知しない。それは『オフィス原嶋』と『ヴァンス』の領分だからだ。

「つまり、これでうちのアドバンテージはなくなったわけか？」

　高倉の声は固い。

『ヴァンス』との専属契約は一年である。『ショウ』はイメージ・モデルに選ばれたが、その時点ではベストな選択だったがクリスの中では思い描いていた最上ではなかったのかもしれない。今まで『ヴァンス』のイメージの基本はユアンだっただけのことで。

　クリスの頭の中には、その先の青写真ができているのかもしれない。若者向けはユアンで、青年向けは『ＭＡＳＡＫＩ』で。そういう棲み分け的なイメージが。

「プレッシャーをかけまくるわけじゃないけど、あとは『ショウ』の頑張りに期待するしかないだろ」

　加々美にはそうとしか言えない。

　今回の『ＭＡＳＡＫＩ』の起用が店内用プロモーションに限るとはいえ、来年オープンする旗艦店に向けての話題性としては絶大だろう。ビデオの一部がＣＭ用に転用されると、それだけで宣伝効果は更にアップする。

「どこまでが計算尽くなのかは知らないけど、本当に抜け目がないっていうか。先読みの異能力でもあるんじゃないか？」

　本音でどんよりしてしまう高倉だった。

「そもそも、店内用プロモーションに御当地タレントを起用するっていうシステムがミソだよな。そこだけ専属契約に縛られていないわけだから」

「そこに『ＭＡＳＡＫＩ』をぶち込んでくる時点でマジかよって感じだろ」

「まぁ、普通はあり得ないからな」

「そこに行かないと見られないっていうレア度は貴重だ」

『レア』と『プレミア』という言葉に弱いのは万国共通。人間の性である。

「なんにせよ、業界的な盛り上がりでいえば実に喜ばしいってことかもな」

それこそ、広い視野で見れば。

『アズラエル』のこれからを占う意味においても、クリスにはその気がなくても、叩きつけられた挑戦状をどうクリアするのか。正念場になるのは避けられないとの予感を自覚しないではいられない高倉だった。

§§§§　§§§§　§§§§　§§§§

『ＭＡＳＡＫＩ』が『ヴァンス』のプロモーションに出る。そのことを知った尚人は。

……え？

ウソ。

なんで……？

ある意味、愕然とした。まったくの予想外の出来事だったからだ。

雅紀とクリスの直接的な接点が思い浮かばなかった。あの夜のスカイ・ラウンジでのことは別にして。

尚人は雅紀にユアンやカレルのことはいっぱい話したけれども、雅紀の口からは『ヴァンス』のヴァの字も出なかった。

それが、どうして？

いったい、いつの間に？

驚きとある種の衝撃が去ると、今度はドキドキとワクワクが重なって、なんだかいてもたってもいられないようなソワソワ感でいっぱいになった。

そんなものだから、二日ぶりに雅紀が家に帰ってくるなり。

「お帰りなさい、雅紀兄さん。ニュースでやってたけど、雅紀兄さん『ヴァンス』のプロモに出るの？」

定番の『おやすみコール』では聞けなかったことを一気にまくし立てた。

「それはあとでじっくり話してやるから、先に飯食わせて」

雅紀に言われて、先走った自分が恥ずかしくなった。

「あ、ごめんね。じゃ、先に着替えてきたら？　その間に温めておく」

バタバタと背を向ける尚人に、雅紀は苦笑する。

（ナオも毒され組か？）

今日も仕事終わりにマスコミにつきまとわれた。まったく、懲りない連中である。

まさか、帰ってきたそうそう尚人にまで詰め寄られるとは思わなかった。もちろん、尚人に聞かれたらきちんと答えるつもりではあったが。

雅紀が自室で着替えてダイニングキッチンに戻ってくると、風呂上がりの裕太がちゃっかり椅子に座っていた。

（なんだ、おまえもか？）

いつもなら風呂上がりはさっさと自室にこもるのに、珍しいことである。

「お帰り、雅紀にーちゃん」

「……………ただいま」

ある意味『お約束』的なこの手の会話も、今では珍しくもなくなった。

「ナオちゃん、珍しく雅紀にーちゃんに突撃してたみたいだけど」

「聞きたいことが盛りだくさんなんだろ」

「あー、例のプロモのやつ？」

「みたいだな」

素っ気ないのもいつものことばかりに、裕太はごくごくと牛乳を飲み干す。

尚人は雅紀が食事を終えるまでおとなしく待っていた。まるで、今か今かとその瞬間が来るのをワクワクしながら待っている小学生のような目をして。

（いや、そんなに期待されてもなぁ）

可愛いんだけど…………。そんなにじっと見つめられてしまうと箸を伸ばす手もつい鈍りがちになってしまう。

「ナオちゃん、露骨すぎ」

タイミングよく裕太の突っ込みが入った。

「そんなにじろじろ見られたら、いくら雅紀にーちゃんの面の皮が厚くてもメシ食った気がしなくなるんじゃね？」

言い方に刺がある。………ように思うのは、雅紀の気のせいではないだろう。

「あ………ごめん」

気まずげに、尚人がそっと目を逸らす。

（そういう無自覚なところも可愛いんだけど）

などと思いながら、無言でサクサク食べた。

最後にお茶を飲んで。

「ごちそうさまでした」

尚人としっかり目を合わせた。

「それで？　『ヴァンス』のことだっけ？」

「うん。いきなりだったからビックリした」

そうだろうなと思う。

マスコミも、そこのところをしつこく攻めてくる。スクープをすっぱ抜くのが記者としての本懐なのだろうが、今回のことはまったくの寝耳に水だったことだろう。

「俺もだよ。まさか、仕事としてオファーが来るとは思わなかった」

完全な不意打ちだった。

思わず間抜け面を晒してしまった。

あれで調子が狂った。

悔しいが、雅紀的には完敗だった。

「えーと、それってありなの？　『ヴァンス』の専属は『ショウ』さんなのに？」

尚人の一番の疑問はそれだった。

あれだけ盛大に記者会見をやって、その上ムック本も出したのに？

専属契約がある限り『ショウ』以外、誰も『ヴァンス』のロゴが入った服を着て商業誌の撮影なんかできないと思っていた。そういう思い込みがあったからこそ『ＭＡＳＡＫＩ』の起用のニュースは衝撃的だったのだ。

「専属契約とプロモは別条件になるらしい」

「………そうなんだ？」

「………らしいぞ」

「へぇ、そういう抜け道、ちゃんと作ってあるんだ？」

裕太が横から口を挟む。

（裕太がまともなことを言ってる）

ちょっとビックリである。

契約の抜け道。言い方は悪いかもしれないが、つまりはそういうことなのだろう。

『ヴァンス』のしたたかな経営戦略と言えなくもない。そこに引っかかったのが自分だと思うと、雅紀はなんだか複雑な気分だが。

「『ショウ』さん、プレッシャーじゃないのかな」

つい、本音がこぼれた。

たとえプロモーション・ビデオとはいえ、カリスマ・モデルが参戦してきたらそりゃあプレッシャーだろう。皆がそう思うのではないだろうか。どうやったって格の違いというものは隠せないだろうし。

「俺の場合はスポット参戦のようなものだからな」

同じ『ヴァンス』というカテゴリーではあるが、専属である『ショウ』と競合するわけではない。

『ショウ』は日本における『ヴァンス』の公式なイメージ・モデルであり、雅紀は店内用プロモという縛りがある。

『ショウ』に、ひいては『アズラエル』にとって『ＭＡＳＡＫＩ』はそれほど脅威ではないはずだ。マスコミが『国内最大手vs.弱小事務所の仁義なき戦い』などとことさらに煽り立てるほどには。

(こればっかりは蓋を開けてみなけりゃわからないけどな)

仕事をオファーされたからにはきっちり結果を出すのが雅紀のモットーである。どこに、誰の、どんな思惑が絡んでいようと関係ない。

「プロモはこっちで撮るわけ?」

「そこらへんはまだ未定」

「でも、なんか楽しみだね」

気を取り直したように、尚人がにっこり笑う。

尚人が想像しているのがどんな『お楽しみ』かは知らないが、そうそう現実は甘くない。

今までは、尚人絡みで外から眺めているだけの傍観者でしかなかったが、これからはがっちりクリスが絡んでくるかと思ったら、それは雅紀にとってはお楽しみ以前の問題である。

「『ヴァンス』から叩きつけられた挑戦状だからな。きっちり受けて倍にして打ち返してやるつもり」

それくらいの決意表明は必要だろう。

「わ、すごい。雅紀兄さん、いつもはそんなにあからさまなこと口にしないのに、すごいやる気出してる」

尚人が素で驚いている。

「相手が相手だからな。それくらいの気合いは必要だろ」

今は格負けをしていても、経験値が足りなくても、受けると決めた以上は不様な真似(まね)はさらせない。それを強く意識しないではいられない雅紀だった。

あとがき

こんにちは。吉原です。

朝夕はめっきり冷え込んできましたが、日中は相変わらず太陽光線がまぶしすぎて目に痛いです。一日のうちで寒暖差が激しくて体調管理に気をつけようと思うこの頃です。

でも、ここ数年は一年中マスク生活だったせいか、風邪を引きにくくなって、いやぁマスク効果ってすごいのねとか再認識してしまいました（笑）。真夏にマスクは、さすがに勘弁してよ……でしたが。快適な日常生活ってなんだろうという素朴な疑問を考えるいいきっかけになったのは確かです。

さて。『二重螺旋』十五巻です。

いつもタイトルはどうしようかと悩みどころですが今回はわりとすんなり決まりました。

前回は尚人の成長物語というか、箱庭のような狭い世界から羽ばたいていく雛のイメージでしたが、今回は雅紀の番だよねということで。

基本は尚人の成長に感化されて、このままカリスマ・モデルの肩書きに甘んじていたらヤバいぞ、自分もレベルアップしなきゃ……という雅紀なりの決意表明です。

今まで雅紀は篠宮家というヒエラルキーの頂点にいて、仕事面でも順調にトップを走ってきたわけですが、クリスという思わぬ外圧がやってきたことで初めて揺さぶられてしまうんですね。どっちかっていうと、ぐらぐらと（笑）。

加々美さんたちは心情的に雅紀に忖度してしまうけど、クリスって仕事に対してはシビアで絶対にそういうことをしなさそうなタイプですから。そこの対比が面白いわけですが。

人間、守りに入ってしまうと思考が停滞して行動も鈍化してしまうので。うん、私も気をつけよう。

そんな雅紀を中心にして『ヴァンス』という黒船襲来で他のメンバーがその後どういう関係性になっていくのかが、今回のテーマになっています。

そうです。バタフライ・エフェクト、です。……で。『蝶ノ羽音』に『バタフライ・エフェクト』のルビを振ろうかと思っていたら、担当さんに『バランス的に美しくないです』の一言で却下されてしまいました（大笑）。

さてさて。いつも巻末になって申し訳ありません。円陣闇丸様、今回も美麗なイラストをありがとうございます。私的には、ひっそりとクリス推し。……なんちゃって。

では、では。また次回作でお会いできることを祈って。

令和四年　十一月

吉原理恵子

この本を読んでのご意見、ご感想を編集部までお寄せください。

《あて先》〒141-8202　東京都品川区上大崎3-1-1　徳間書店　キャラ編集部気付
「蝶ノ羽音」係

【読者アンケートフォーム】

QRコードより作品の感想・アンケートをお送り頂けます。

Chara公式サイト http://www.chara-info.net/

■初出一覧

蝶ノ羽音……書き下ろし

2022年11月30日　初刷

著　者　吉原理恵子
発行者　松下俊也
発行所　株式会社徳間書店
〒141-8202　東京都品川区上大崎3-1-1
電話　049-293-5521（販売部）
03-5403-4348（編集部）
振替　00140-0-44392

Chara
蝶ノ羽音……【キャラ文庫】

印刷・製本　図書印刷株式会社
カバー・口絵　近代美術株式会社
デザイン　カナイデザイン室

ISBN978-4-19-901084-2

吉原理恵子の本

吉原理恵子
イラスト◆円陣闇丸
Rieko Yoshihara Presents
Hakoniwa no Hina
君が弟を箱庭から出さないというなら
僕が口説いて、選ばせるならいいだろう?
キャラ文庫

好評発売中

［箱庭ノ雛 二重螺旋14］

イラスト◆円陣闇丸

高校三年生に進級し、ついに迫ってきた大学受験や進路問題――。悩みながらも、英語を生かしたいと考え始めた尚人(なおと)。そんな尚人の聡明さに惹かれるデザイナーのクリスは、雅紀(まさき)に警戒されて近づけない。なぜ磨けば光る原石を、仕舞い込んで隠すのか。大切に育てた雛も、いずれは巣立つ時が来るのに――。不審に思うクリスは、初めて雅紀に興味の目を向け、仕事としてモデルの依頼をすることに…!?

吉原理恵子の本

好評発売中

【二重螺旋】シリーズ1〜13
以下続刊

イラスト✦円陣闇丸

父の不倫から始まった家庭崩壊——中学生の尚人はある日、母に抱かれる兄・雅紀の情事を立ち聞きしてしまう。「ナオはいい子だから、誰にも言わないよな？」憧れていた自慢の兄に耳元で甘く囁かれ、尚人は兄の背徳の共犯者に…。そして母の死後、奪われたものを取り返すように、雅紀が尚人を求めた時。尚人は禁忌を誘う兄の腕を拒めずに…!?　衝撃のインモラル・ラブ!!

吉原理恵子の本

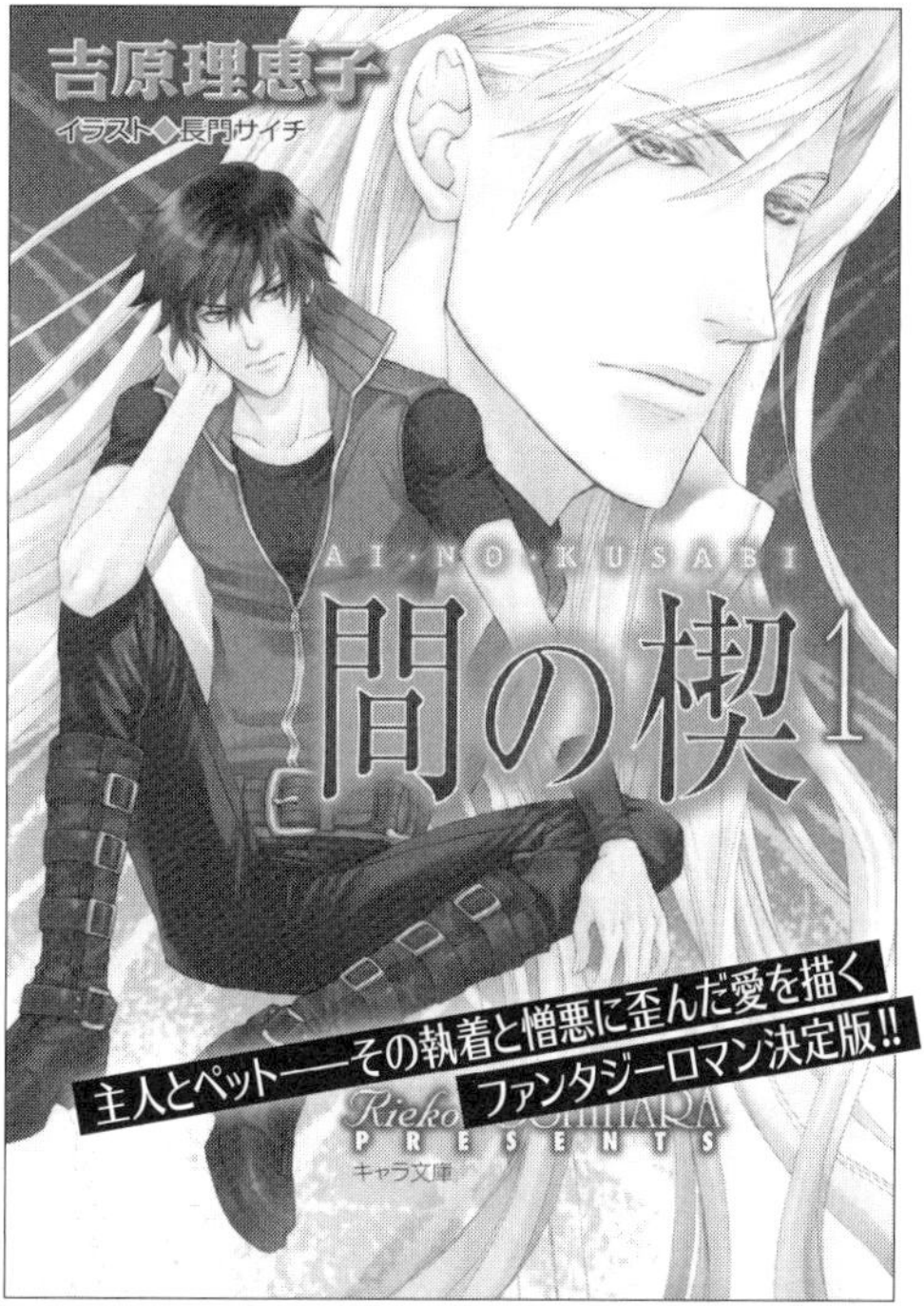

好評発売中

「間の楔」全6巻

イラスト✦長門サイチ

歓楽都市ミダスの郊外、特別自治区ケレス——通称スラムで不良グループの頭を仕切るリキは、夜の街でカモを物色中、手痛いミスで捕まってしまう。捕らえたのは、中央都市タナグラを統べる究極のエリート人工体・金髪のイアソンだった!! 特権階級の頂点に立つブロンディーと、スラムの雑種——本来決して交わらないはずの二人の邂逅が、執着に歪んだ愛と宿業の輪廻を紡ぎはじめる…!!